# IL MIO CARSO

## SCIPIO SLATAPER

*A Gioietta.*

## I.

Vorrei dirvi: Sono nato in carso, in una casupola col tetto di paglia annerita dalle piove e dal fumo. C'era un cane spelacchiato e rauco, due oche infanghite sotto il ventre, una zappa, una vanga, e dal mucchio di concio quasi senza strame scolavano, dopo la piova, canaletti di succo brunastro.

Vorrei dirvi: Sono nato in Croazia, nella grande foresta di roveri. D'inverno tutto era bianco di neve, la porta non si poteva aprire che a pertugio, e la notte sentivo urlare i lupi. Mamma m'infagottava con cenci le mani gonfie e rosse, e io mi buttavo sul focolaio frignando per il freddo.

Vorrei dirvi: Sono nato nella pianura morava e correvo come una lepre per i lunghi solchi, levando le cornacchie crocidanti. Mi buttavo a pancia a terra, sradicavo una barbabietola e la rosicavo terrosa. Poi son venuto qui, ho tentato di addomesticarmi, ho imparato l'italiano, ho scelto gli amici fra i giovani più colti; – ma presto devo tornare in patria perchè qui sto molto male.

Vorrei ingannarvi, ma non mi credereste. Voi siete scaltri e sagaci. Voi capireste subito che sono un povero italiano che cerca d'imbarbarire le sue solitarie preoccupazioni. È meglio ch'io confessi d'esservi fratello, anche se talvolta io vi guardi trasognato e lontano e mi senta timido davanti alla vostra coltura e ai vostri ragionamenti. Io ho, forse, paura di voi. Le vostre obiezioni mi chiudono a poco a poco in gabbia, mentre v'ascolto disinteressato e contento, e non m'accorgo che voi state gustando la vostra intelligente bravura. E allora divento rosso e zitto, nell'angolo del tavolino; e penso alla consolazione dei grandi alberi aperti al vento. Penso avidamente al sole sui colli, e alla prosperosa libertà; ai veri amici miei che m'amano e mi riconoscono in una stretta di mano, in una risata calma e piena. Essi sono sani e buoni.

Penso alle mie lontane origini sconosciute, ai miei avi aranti l'interminabile campo con lo spaccaterra tirato da quattro cavalloni pezzati, o curvi nel grembialone di cuoio davanti alle caldaie del vetro fuso, al mio avolo intraprendente che cala a Trieste all'epoca del portofranco; alla grande casa verdognola dove sono nato, dove vive, indurita dal dolore, la nostra nonna.

Era bello vederla seduta nella larga terrazza spaziante su enormi spalti le montagne e il mare, lei secca e resistente accanto all'altra mia nonna, la veciota venesiana, rubiconda e spensierata, che aveva quasi ottant'anni e le si vedeva ancora il forte palpito azzurrino del polso sollevarsi e cadere nella pelle morbida come una foglia. Questa mi parlava dell'assedio di Venezia, del sacco di patate in mezzo la cantina, della bomba che fracassò un pezzo di casa. E aveva un fazzolettino bianco sui pochi capelli fini, ed era allegra. Quando veniva a mangiare da noi, babbo le diceva sempre: – Beati i oci che i la vedi.

Ma allora essa non m'interessava. Io filavo in campagna a giocare con gli alberi.

Il nostro giardino era pieno d'alberi. C'era un ippocastano rosso con due rami a forca che per salire bisognava metterci dentro il piede, e poi non potendolo più levare ci lasciavo la scarpa. Dall'ultime vette vedevo i coppi rossi della nostra casa, pieni di sole e di passeri. C'era una specie di abete, vecchissimo, su cui s'arrampicava una glicinia grossa come un serpente boa, rugosa, scannellata, torta, che serviva magnificamente per le salite precipitose quando si giocava a 'sconderse. Io mi nascondevo spesso su quel vecchio cipresso ricco di cantucci folti e di cespugli, e in primavera, mentre spiavo di lassù il passo cauto dello stanatore, mi divertivo a ciucciare la ciocca di glicine che mi batteva fresca sugli occhi come un grappolo d'uva. Il fiore del glicine ha un sapore dolciastroamarognolo, strano, di foglie di pesco e un poco come d'etere.

C'erano anche molti alberi fruttiferi, àmoli, ranglò, ficaie, specialmente. Appena i fiori perdevano i petali e i picciòli ingrossavano, io ero lassù a gustarli, non ancora acerbi. Acerbi son buoni! Il guscio del nocciolo è ancora tenero, come latte rappreso, e dentro c'è un po' d'acqua limpidissima e ciucciosa. Poi, dopo qualche giorno, quando la mamma è uscita di nuovo per andare dalla zia, essa diventa una gomma gelatinosa dolce a sorbirsi con la punta della lingua. Ma la carne com'è buona, così aspra. Prima il dente ha paura di toccarla, e la strizza guardingo, mentre la lingua riccamente la inumidisce e assapora la linfa delle piccole punture. Poi la si addenta. Le gengive bruciano, i denti si stringono l'uno addosso dell'altro, si fanno scabri e ruvidi come pietre, e tutta la bocca diventa una ricca acqua.

Ma quando viene l'estate per arrivare i pochi frutti rimasti bisogna essere ghiri. Andare dove gli uccelli non hanno paura, perchè non sono abituati a trovarvi anche lassù. Alla biforcazione delle due frasche più alte mi tenevo agganciato con un piede e bilanciandomi con la destra distesa procedevo a modo di bruco con la sinistra sulla fraschetta svettante, trattenendo il respiro: finchè arrivavo al punto dove essa si piegava e a poco a poco s'avvicinava fino alla mia bocca. Qualche volta dovevo lasciarla riscattar via perchè la nonna sgridava: – Fioi, ve 'mazarè su quei alberi! – Allora stavo zitto, rosso, e scivolavo giù fluendo.

E c'era anche, accosto al muro della strada, un tasso baccata che scortecciavo facilmente a larghi brani per vederlo più pulito e più rossiccio. Aveva, al terzo piano, due rami come un letto, e lì dormivo qualche dopopranzo; oppure contemplavo tronificante la mularia stradaiola che faceva a ruffa di sotto per agguantare le bacche rosse che buttavo giù da signore. (Io non le mangiavo, mi schifavano). Poi imbaldanzita cominciava a fiondar sassi, e io allora, saltato giù come un demonio, correvo al portone, ne strappavo la verghetta di ferro che serviva da chiavistello, e giù a rotta di collo per le strade, fino quasi al centro della città, con una maglietta e calzoncini a righette bianche e blu, lunghi riccioli biondi, urlando: – daghe! daghe! – E alla sera m'addormentavo disteso sul letto mentre ancora mamma mi levava le calze piene di terriccio e ghiaiola. Cara e buona mamma mia.

La mularia! Fecero la guerra a terribili sassate in Sanza, un'antica fortezza triestina diroccata, accanto alla nostra campagna. Li sentimmo urlare, correre, massacrarsi. Erano italiani e negri. Vinsero gl'italiani. E uno d'essi scendeva col collo rotto e cantava cadenzatamente: – Ma intanto mi go vinto! ma intanto mi go vinto!

Io vidi tutta la guerra abissina su una grande carta geografica che babbo aveva inchiodato nella nostra camera, e ci spiegava, tenendo in mano il Piccolo, dove gl'italiani procedevano. Di sotto c'erano, a cavallo, con piume in testa e neri in viso, Menelik, ras Alula: e io gli bucavo il naso con lo spillo delle bandierine. Ero molto contento che gl'italiani vincessero. Credo d'aver pregato per loro.

Allora credevo in Dio e pregavo ogni sera: «Padre nostro che sei nei Cieli», e poi stringevo gli occhi, stavo fermo fermo, pensando soltanto quella persona che desideravo Dio amasse. E questo era pregare. E pregavo per la mia bella Italia, che aveva una grande corazzata, la più forte del mondo, che si chiamava «Duilio». La nostra patria era di là, oltre il mare. Invece qui, mamma chiudeva le persiane alla vigilia della festa dell'imperatore, perchè noi non s'illuminava le finestre e si temeva qualche sassata.

Ma l'Italia vincerà e ci verrà a liberare. L'Italia è fortissima. Voi non sapete cos'era per me la parola «bersagliere».

La nostra casa era bella e patriarcale. L'atrio era come un grande tempio, arioso, intorno a cui giravan le scale con le balaustre bianche, incorniciate di legno lustro, giallobruno. D'inverno il sole entrando per i finestroni cercava di scaldare i cacti sgonfi di zio Daghelondai. Era la casa del nonno in cui abitavano i molti figliuoli del nonno, e i molti nipoti.

La domenica e le feste il nonno sedeva a capo della tavola parentale, laggiù in fondo. Era alto di torace con un viso largo e indulgente e una gran barba bianchissima. Guardava contento i suoi figliuoli e le loro donne. Quanti cari parenti erano seduti intorno alla tavola nella gran sala domenicale! Tutti erano seduti al loro posto, e quando altri venivano si aggiungeva un'asse alla tavola e si prendeva una più lunga tovaglia dall'armadio. Perchè i nostri parenti erano molti, e arrivavano da Zagabria, da Padova, dall'America e portavano baicoli e giocattoli.

C'era zio Boto, intorno a quella tavola, che faceva quadri e ci contava le avventure di Saturnino Farandola e zia Tilde con due grandi occhi dolci, color mare, e Biancolina, cuginetta, che stava sempre con mio fratello e io cercavo rabbioso di sapere i loro segreti, e zio Daghelondai che ci diceva sempre con voce burbera: – Turco alla predica! Daghelondai! –, e io ridevo e mio fratello saltava spiritato pestando i piedi, e zio Guido, e zio Feliciano, e zia Mima, e Mario e Bruno, la nonna, zia Bice, papà, Toci, mamma. E zia Ciuta, prosperosa e matronale. Aveva uno sguardo benefico, e le cose diventavan facili e semplici com'ella ne parlava.

E quando tutti avevan già finito di mangiare e bevevano il caffè fumando i lunghi sigari virginia, la porta si apriva con grande sforzo e tu entravi nel tuo grembiulino candido con alle spalle i bei nastrini rosa, dormiglioso Pipi. Eri bello e sano, coi capelli biondi e le gambocce nude, la giovane carne ancora tiepida di sonno. I tuoi occhi strani, inquieti o estatici, guardavano contenti la bella tovaglia bianca che aspettava ancora te prima d'esser portata via, e i tanti piatti che papà aveva coperti con altri piatti a rovescio per conservarti calde le vivande.

E ti annodavano un tovagliolone odoroso di lavanda, ti mettevano davanti i lunghi, teneri risi nel grasso brodo di pollo; la coscia di pollo e l'ala per i tuoi denti aguzzi; l'ombolo liscio cosparso dalla salsa di capperi; le rosse ciliege carnose, a ciocche, con cui t'orecchinavi deliziato del loro fresco; il fettone di torta, la più grande fetta che il nonno tagliava apposta per te. E tu zitto, metodico, grave, sparecchiavi tutto senza domandare cos'era. Ma tutto ti piaceva, e tutto bastava appena per una corsa in giardino. Eri sano e forte; i tuoi compagni ti nominavano subito comandante, poichè li vincevi in corsa, in lotta e in tirar sassi. Eri buono, e tutti ti volevano bene.

Steno, Gigetto, Toci, Oidecani, Eugenio, Vincenzo, Scarpa, Pipi opla, in acqua, in acqua! Oggi si combatte per l'onore del club «Dagli!».

Schizza il mare a ondate quando il «Dagli!» si butta a testa giù dalle palafitte. Il panciuto col cappello di paglia stinta che prima d'adagiarsi nell'acqua bagna igienicamente l'ombilico e la fronte, scappa via impaurito dal nostro tuffo. Scappan via tutti i pacifici bagnanti dalla zattera, dalla corda, dal trampolino, perchè nessuno sa dove oggi il «Dagli!» ha deciso di domiciliarsi, nessuno sa che nuova invenzione porta oggi il «Dagli!» mentre si tuffa ridendo dalle palafitte.

Il mare schizza di gioia, e spuma. Chè il mare non ama il lento arranchio asmatico dei vecchi, lo sbattacchio affannoso degli inesperti. Ama il mare d'esser tagliato, battuto, disfatto da gambe muscolose e braccia bronzine. Ama la serena irrequietezza della gioventù, che lo penetra in tutti i sensi ridendolo, bevendolo, sprizzandolo dalla bocca in lunghi zampilli. Ama i freschi occhi spalancati in corsa tra le profondità e l'alighe.

Avanti delfinotti! Oggi si combatte per l'onore del «Dagli!» Perchè il «Dagli!» domenica scorsa buttandosi giù a gnocco in fila ordinata dalle palafitte, spruzzò allegro le nude corpora dei conti e signori tedeschi che non lo lasciarono passare, seccati, l'angolo delle palafitte. Protestarono a terra, e il direttore minacciò d'impedire il bagno al «Dagli!» Oggi è giorno di vendetta.

Le ondate si gonfiano da Salvore per far più turbolenta la battaglia. I signori tedeschi sono in acqua e procedono ridendo ironici nei loro mustacchi. Ah, ah! – uno ha la reticella sul labbro superiore per tener assettato il diritto mustacchio. Dagli, dagli!

– In semicerchio! Schizzo lento e stretto! Mirare gli occhi! Procedere in ordine, serrando.

– E rispondemmo al nostro capo: – Dagli!

Codeste sono le schizzate dei tedeschi! Flosce e piatte come carnume di medusa. Ma queste del «Dagli!» van dritte e elastiche come colpi di fionda. Aspra salsedine nelle pupille bionde dei tedeschi!

– Attenti! Serrare! – Chè il nemico smaniante si butta addosso ai nostri primi e li affonda. Dagli! dagli! da

Giù. Sento sul collo l'unghiata di rabbia del tedesco setoloso e l'acqua che si rompe sotto il mio corpo. Tocco fondo. Due gambe mi tengono fisso quaggiù. Il mare turbina. M'accuccio, agguanto una gamba, e giù te, porco! – Viva il Dagli! Da

Giù. Su. Dagli, dagli!

– Al largo! – Steno è sparito dopo aver gridato l'ordine. Noi sappiamo perchè. D'improvviso uno dopo l'altro i tedeschi rapidissimamente piombano in fondo, tirati da qualche polipo mostruoso. – È Steno! Viva Steno! Dagli!

Ora li massacriamo. Metri d'acqua si rovesciano sulle bocche affannose. Gli occhi biondi non vedono più. Si voltano e fuggono. E ora comincia il colpo della ritirata. Steno l'ha inventato, perchè il «Dagli!» non può dar quartiere prima della sponda.

Freddo, calmo, metodico colpo di ritirata! I tedeschi fuggono, ma uno per uno li stiamo dietro le spalle, e scattando nell'acqua con i piedi ci rovesciamo giù a braccia larghe intorno al loro capo. L'acqua aguzza rompe nell'orecchie, negli occhi, nella bocca, nel naso. Il tedesco respira. E sciampf! nella bocca aperta. E sciampf negli occhi brucianti. Nelle sorde orecchie. Sciampf. Sciampf.

Viva il «Dagli!».

Chi resisteva al «Dagli!», amici d'una volta? Chi era capace di stare sott'acqua come Toci, quando il barbuto Calligaricicicich cercava di affogarlo con dieci, venti tocciade consecutive? Ed egli gli respirava in faccia: – cih, cih, cich, – e rispariva. Chi sapeva dar schizzata più tagliente di Vincenzo? Era come una fiatata di mostro marino la mezzaluna di mare che balzava su, sotto le sue mani a cuneo rovesciato. E Steno notava sott'acqua per un minuto, e Pipi era come un piccolo pescecane predace.

E se uno di noi cedeva nella lotta, per sette giorni doveva passare attraverso il fuoco di fila dei compagni. Perchè il «Dagli!» era una società con leggi severe, e nessuno s'arrischiava di disobbedire al nostro capo.

Ora Steno, il nostro capo, è morto. Era un professore che s'è ammazzato, nevrastenico.

E raccontavo belle storie ai piccoli cugini che m'ascoltavano accoccolati d'intorno, nell'ombrosa veranda sul mare. Il mare stava zitto, ascoltando. La casa vicino a lui, dove abitò Tartini, aveva chiuse tutte le persiane e dormiva, bianca nel sole, con gli zii e gli altri villeggianti. Silenziose erano le larghe camere matrimoniali sostenute da travoni squadrati.

Era l'ora del caldo e del riposo. La terra s'ampliava nella distesa del sole. Il cielo era chiuso e grave. Neanche una vela sul mare. Tacevano le vespe e i bombi. Un frutto tonfava giù dal ramo. Era il grande silenzio infocato, quando gli occhi dei colombi stanno chiusi sotto l'ala e il bue rumina accosciato corpulento sulla paglia fresca.

Ma solo i bimbi in quell'ora si buttano nei prati come un ciapo di storni autunnali e saccheggiano le ficaie, stroncando i rami aridi, perchè anche il padrone dorme, il signor Vatta dagli occhietti di gobbo. E poi si raccolgono, a tasche piene, nella veranda ombrosa e Scipio conta una bella, strana, lunga storia.

È una storia che continua ogni giorno e non finisce più. Nella piccola capanna del bosco è nato un eroe, forte come cento leoni e furbo come cento volpi. Le sue avventure fanno sgranare gli occhi di stupore, ridere di allegria chi ascolta. È un ragazzo bello, sereno, buono. È quello che tutti desiderano d'essere.

E dopo due, tre ore zia Ciuta chiamava ch'era lettera per me, e mi portava contenta la lettera di mamma. Cara mamma mia. Tu allora preparavi, nel grande caldo d'agosto, le casse per il trasloco. Bisognava andar via dalla casa dov'erano nati i tuoi figli. Sì, mi ricordo che prima di partire avevo visto che rompevano i muri e i viali del giardino per i tubi dell'acqua, del gas; e lavoravano muratori, meccanici, falegnami, vetrai, tappezzieri, terrazzieri. Mi divertivo vederli lavorare. Ma noi s'andava via perchè il nonno era morto e venivano a stare altri parenti, più ricchi.

E io, tornato da Strugnano, fui molto contento di trovarmi in una campagna cento volte più grande, con infiniti frutti e viti, e molti compagni di gioco. Il giorno che arrivai arrivò pure, vestita d'una camicia rossa e tocco da fantino, la nipote del padron di casa. Ucio la guardava, un po' commosso, fra i viticci del capannuccio.

Bella è la vendemmia. Oltre i vignali vanno grida e risate; i cani sbalzano, accucciandosi sulle zampe davanti, da questo a quel gruppo di vendemmiatori, e i passeri frullano sbandati. Il padrone eccita: – Dai, dai, dàghe, dàghe, forza, prr, prr, prr, dai, dai!

Le labbra e il mento sono appiccicose di mele stillato, e le mani, la maglia, il manico della roncola, i pampani, le brente, i carri. Tutto è una gomma rossastra. E ci si lava pigiando a palme aperte gli scricchiolanti grappoli nella brenta.

Buona è l'uva, addentata a grani dal tralcio, mentre dagli occhi sgocciola il sudore e la palma della mano è stanca della roncola. Ma ancora questo filare, ancora questa vite, ancora questo grappolo! Qua con una brenta! Alloo!

E, tornati giù sbalzellando, il pane e il brodo sono buoni come mai. Si gode della bella tovaglia bianca sotto la lampada. Domani si ricomincia.

Piovigginava a stento. Sulla melma del piazzale sfilavano due strisce giallastre di luce. Entrai nella cantina.

Bonasèra! – Ah; bonasèra!

La cantina era bassa. Nel mezzo, su una botticella fumazzava una fiamma rossastra di petrolio. Il padron di casa sedeva vicino alla fiamma, con un bicchiere in mano. Nel volto era del color dei fondi violacei di botte.

Tutt'intorno gravavano grandi botti brune e tini panciuti. Su i muri, nei cantoni, tra l'inferriata del finestrino murato c'erano mille ragnateli stracciati e aggomitolati dalla polvere. Una gatta baia sotto le botti annusava indolente ma nervosa l'odor di pantigane che impregnava l'aria.

Uno degli uomini che si rimboccava su i calzoni a sforzo, perchè la dura coscia non voleva cedere, alzò gli occhi, guardandomi.

Vila era lassù, in piedi, sui tronchi squadrati che reggevano i tini. Era dritta e fresca, nella sua camicia rossa, e mi sorrise.

Io era un timido bimbo. E lei mi disse piano: – La salti su.

I bei grappoli pieni che avevamo colti ieri si pigiavano nel tino. Spilluccammo i grani più grossi, stufi d'uva. Mi dette un grano tondo, grosso come una noce, limpido.

Disse: – La guardi che man che go! – Piccole, ma di pelle callosa, tagliuzzata alla punta delle dita, nera di pentole, le unghie rosicchiate. Disse poi: – Lei la ga bele man. – Poi gridò: – Ala, Toni, scuminziemo!

Lo zio di Vila, il padron di casa, pulì un bicchiere con la fodera della giacca e m'offrì da bere. Bevvi.

Zappavano l'uva, curvi, aggrappati sull'orlo del tino, anelando come i taglialegna. Le gambe pelose, rosse, alternavan la battuta con frenesia, e il tino si squassava sotto i colpi. Gli acini e i gusci e il succo schizzavano tra le larghe dita dei piedi. Vila stava dritta, tenendosi sul tino. Le sue unghie eran diventate rosse.

Poi le gambe degli zappatori scomparvero fino alla coscia nello sguazzacchio vinoso. Il doppio colpo divenne metodico, come di stantuffo. Pesante e uguale.

Lo zio di Vila beveva, radendosi il succo dai mostacchi setolosi con il dorso della mano. Il suo grifo era rosso.

Il mosto bolliva nelle botti aperte, sciamante di moscerini ubbriachi. Assorbivo un caldissimo odore asfissiante. Gli uomini s'accendevano. Rovesciarono una brenta piena di mosto, e il vino schizzò a ondata sull'uomo e sul muro, corse a rivoletti impetuosi, tinse la gatta spaurita. Uno si buttò per terra a sorbire la motriglia vinosa.

Il padron di casa bestemmiò, rise, mi tese un bicchiere di mosto. Bruciava. La cantina era bassa e rossastra.

 Vila, un toco de legno per la bota!

Io corsi prima di lei, per scappar via; ma ella mi rincorse. Pioveva. La notte era oscura e fangosa. Scridivano gli agostani. Mi prese per mano, e correndo mi baciò il braccio nudo, sgocciante d'acqua.

Io dissi: – Vila – a bassa voce, meravigliato.

Nella cantina gli uomini zappavano ritmicamente, il padron di casa beveva, la gatta si leccava il pelo intriso.

Mi sedetti contento per terra. Correvo per una lunga strada piena di sole. Correvo, correvo.

Quando il sole è alto nel luglio, correndo nei prati l'uomo si ferma perchè il respiro è pieno d'un veleno e d'un calore così dolci e forti ch'egli deve sdraiarsi nel sole e dormire. Chiude gli occhi, e le palpebre gli fiammeggiano come cielo infocato, e da tutte le parti s'alzano vampate immense barcollanti d'albero in albero. L'aria trema inquieta nell'arsura.

Ma m'alzai furioso e corsi in campagna gridando come un falco ch'abbia lasciato per la prima volta il suo nido.

La sua camera aveva un intonaco a stampi rossocinerini, mattoni slabbrati per pavimento, un pianoforte coperto da un canovaccio crocettato, un letto, un armadio con su boccette medicinali e una civetta impagliata. Una lastra della finestra era di latta rugginosa, con un foro per il tubo della stufa. Siccome il foro s'era slargato, d'inverno quando mettevano la stufa, Vila incassava con le punte delle forbici un po' di stracci intorno al tubo. E fumigavano.

Non era bella la casa dove stava Vila! Io entravo come un ladro inesperto, ripiegato in tasca il mio frustino da cani, il mio bel frustino che schioccava con un colpo secco come d'acciaio, camminando lesto in punta di piedi, trattenendo il respiro. L'aria odorava di muffa, di polvere, di vino. Qualche volta la porta dell'ultima camera in fondo, vicina a quella di Vila, era aperta, e Vila la chiudeva subito. Era un disordine tanfoso di stracci, bottiglie, cassette, con le pareti scrostate dall'umido, e ci dormiva la vecia, la mamma del padron di casa, gottosa, reumatica, gonfia, con baffi neri sul grosso labbro.

La vecia io non la vedevo che di domenica, quando seduti intorno alla tavola del salotto, bimbi e babe e il fratello del padron di casa, tutto contento se vinceva un soldo, giocavamo a tombola. Essa non si poteva muovere. Era seduta su una poltrona portabile, con ruote, e teneva la destra, grassa come una pera che si sfà, accanto alla cartella, sul mucchio dei vetrinisegnanumeri. Quando doveva pagare la cartella, Vila le si accostava, le metteva la mano dietro la schiena e tirava fuori un sacchetto gonfio di tela grezza, chiuso con spago. La vecia aveva gli occhietti di un barbagianni di giorno: erano cattivi e fermi. Io li sfuggivo. Quando seduto accanto a Vila ginocchio a ginocchio, facevo finta di giocare, sapevo che quella vecia vedeva tutto, anche ciò che gli altri non vedevano, e ci odiava tutti, ma non poteva alzarsi. Avevo schifo di lei, e non mi fece niente pietà quando un giorno Vila mi disse che lo zio sputava in faccia alla mamma.

Lo zio era il terrore di tutti. Non era cattivo. Ma beveva rum, e in rabbia, sputava addosso alla gente e bestemmiava sempre sporcamente. – Ma io non voglio parlare di questa genia! Io voglio bene a Vila. Vila è buona e bella. Ha una camicia rossa scarlatta, un berrettino da giochei, scarpettine con tacco alto, e quando gioca a tamburello salta meravigliosamente da una parte all'altra.

Secchi, netti colpi battevamo col tamburello nell'ampio piazzale davanti alla grande casa gialla! Quando Scipio e Vila giocano, gl'inquilini guardano sorridenti dalle finestre e gridano: – Bravo! bene! – La palla rota come un punto di fuoco da me a lei, da lei a me: stan – e stan; stan – e stan. Dice il colpo: ti voglio bene. Risponde il colpo: ti voglio bene. Il sole è alto. È l'estate, amore.

Cari tempi erano quelli, amorosi e gloriosi. Mia era Vila, una signorina, Vila amata da Ucio, corteggiata da tutti i ragazzi della campagna. Riceveva cartoline da ricchi giovanotti, da studenti delle lontane università; ma ella rideva con me e mi baciava. Era mia. Io solo andavo con lei per la campagna, in cerca delle gocce di gomma sui tronchi dei susini, dei quatrifogli nell'erba, coprendola colle mie braccia quando pioveva.

Mi accompagnava nelle scorrerie ladresche oltre il confine della campagna, temendo quando scalavo cauto i muri sconnessi che minacciavan rovina. Portavo per lei, fra le labbra, la più bella pera, ed essa mi calava sui suoi ginocchi e mi baciava avidamente.

Io ero come un piccolo signore. Ero felice che lei godesse della mia forza e della mia temerarietà. Perchè avevo undici anni, ma neanche i contadini mi sapevano aguantare in corsa, e scalai il pioppo e l'elianto che tutti dichiaravano impossibili. Il padron di casa mi dette in premio cinque bottiglie di vino; Vila mi sorrideva impaurita dalla finestra. Era il crepuscolo. Sotto l'albero i compagni scoppiarono in urli di evviva, e io, sfinito, temevo il vento come un uccello senz'ali, e guardavo superbo le case della città che s'accendevano di punti giallastri.

Ah, se ora che Vila è sposata e ha due, tre figlioli che forse leggono già quello che io scrivo per i bambini, ed è più bella, assai più bella d'allora, giovane mamma contenta, e non mi guarda nemmeno quand'io passo arrossendo accanto a lei, si ricordasse dei nostri due anni spensierati! E la caccia col flobert ai merli e alle gatte? C'era quella civetta impagliata in camera tua, con l'ali chiuse e inchinata un po' sullo stecco, solenne come una persona a modo. Aveva i gialli occhi di vetro, chiari nel semibuio della stanza, tondi, come un bersaglio. E un giorno tu caricasti misteriosa il flobert e stic! un occhio si spaccò. Ricordi? E io ti guardavo felice e meravigliato.

E un giorno ti dissi: – Vila, no ti xe più quela de una volta.

E tutto finì.

Ero stufo di lei. Aveva dei gusti strani che mi toglievano la libertà. Quando assieme ai compagni si dava la caccia con pali e forconi a un cane rinselvatichito, Vila d'improvviso s'arrampicava su un albero, e mi pregava: – Vien su. – Io m'arrampicavo, e guardavo dalle cime alte, scotendole stizzoso. – Vien qua, dai! – E m'accarezzava i capelli e il collo; poi mi baciava: e io sentivo le urlate dei compagni in caccia e i ringhi sfiniti del cane.

Forse anche, Vila non m'amava, non m'aveva mai amato. Avevo lievissimi sospetti; un colpo di sangue, e sparivano. Io non so com'era di me. A volte mi buttavo sull'erba, stanco e scontento. Ero inquieto e mi sarebbe piaciuto star qualche volta solo benchè avessi bisogno di sentirmela vicina. E perciò, quando le dissi, quasi senza sapere, quelle strane parole, non capii perchè le avevo dette, e per rabbia misi la mano dentro una siepe di rovo. Vila stette zitta. Io fissavo alcune piccole cose sul terreno: un ramettino rotto irregolarmente con due foglie passe e raggricciate, un batufoletto di seta del pioppo, che s'estendeva tutt'intorno in lenti filamenti argentei per l'opera predace di decine di formiche. Ella alzò gli occhi e mi guardò a lungo. Io sentivo un silenzio che non finiva più e che mi seccava assai.

Allora la presi fra le braccia con forza, e Vila perdonò. Fummo beati e pieni di amore per tutta la giornata.

Ma la mattina dopo Vila mi sfuggì. Correndo a perdifiato io l'accerchiai di lontano e sbucai fuori da un cespuglio davanti a lei. La presi per i polsi e le dissi duro: – Coss'ti ga? – Ti ga volù ti. – Si svincolò, e andò via. Poi, dopo qualche settimana, l'incontrai, mi prese le mani e le baciò.

Io fui subito contento di non esser più con lei; ma avevo confusi desideri, non m'interessava niente, m'annoiavo. A volte disteso per terra con gli occhi semiaperti nel cielo accarezzavo le giovani foglie, e d'un tratto m'avvoltolavo nell'erba dura dei prati.

Ucio è un giovanotto lungo e forte, le braccia pelose anche alla piegatura, i labbri tumidi, le gengive sanguinolente. Coltiva nel suo giardino begliomini, daglie s'ciave, crisantemi di S. Anna. Aveva bisogno d'un fondo per il cesto di fiori che annunziava pronto da cinque domeniche, e ha rubato la nostra tavola del bucato. Ma l'adoperò senza raschiar via il sapone incrostato. Aveva bisogno di rosai perchè noi lo burlavamo dei suoi fiori scempi, e li rubò dal nostro giardino, ma smarrendo sul terreno il gemello d'ottone matto della camicia. Babbo disse la domenica dopo in presenza di molta gente: – Go trovà 'sto botton. De chi 'l xe? – E Ucio esclamò: – 'l xe mio, 'l xe mio!

Così è Ucio, ragazzone. Il suo rutto puzza d'aglio e le sue mani sono piote. Quando va a fare la scorreria in campagna, torna con la camicia carica di pere dure, strappate senza gambo, come vien vien, ruggini dall'unghie, fracide di sudore del suo ventre pratoso. Egli non sa distinguere il buono dal cattivo, e mangia fagioli e patate, e brontola dalle profondità: – Xe bon, xe bon!

Ucio è innamorato di Vila. Dice: – Vila xe 'na stela. – E poichè lo zio di Vila l'ha cacciata infamemente dalla campagna, Ucio cammina a grandi passi su e giù per il piazzale, poi si stravacca di schianto sulla panca e giura vendetta.

Io ci sto. Ottima cosa è la vendetta! Sgusciare di notte tra gli spini della siepe con una lunga stanga in mano e la roncola in tasca! La notte è fonda e muta. Ormai tutti dormono. Le persiane del padron di casa sono chiuse. I cani abbaiano dall'altra parte della campagna.

Ucio dà una risata e diventa bestia. Agguanta la prima vite che trova e la stronca netta. Agguanta un ramo carico di susine e lo divarica puntandosi con le zampe sul tronco; poi piomba a terra con lui. Tonfa un enorme pietrone fra le crote dello stagno che gracidano a squarciapancia, e l'acqua putrida schizza e l'inonda. Si scuote, con una scarponata schianta il pesco nano e si slancia avanti sghignazzando come un satiro in fregola.

Viva la vendetta! Ma io sono quieto e maligno. Apro silenziosamente la roncola, e incido la vite sottoterra perchè muoia e nessuno saprà perchè. D'una stangata rompo la cima del pero, e m'acquatto di colpo per timore che il crac svegli qualcuno.

Silenzio. Le rane. I cani lontano. Una stella cadente.

Ucio chiama dal melo. Egli divora e stronca: per ogni pomo un ramo. Io unghio fondo, uno per uno, i grandi pomi che piacciono molto al padron di casa. Mi lecco le unghie.

Ah? Ucio! come la cacciò via, ah?!

Era una notte come questa. Gridarono nel quartiere del padrone. Il nostro campanello sonò disperatamente. Balzo a sedere sul letto, l'uscio di babbo s'apre, apre la porta. Vila si precipita in camicia piangendo: – El me copa, 'l me copa. El me cori drio col s'ciopo.

Papà incatenacciò l'uscio. Disse calmo: – Qua drento no vien nissun. La se calmi. – Vila tremava e si torceva le mani.

– I me lassi andar, i me lassi andar, li prego. No 'l me fa niente. I scusi. No savevo de chi andar. Ah dio, dio!

Un pugno sulla porta: – Vila!! – Vila saltò su; papà la fece sedere e andò ad aprire. Non c'era più nessuno. Ma Vila scappò via, corse dalla famiglia di Ucio, poi rivolò giù a casa sua.

– Porca! puttana! Fora de qua, fora! Va de quela scrova de to mare! Fora!

E la cacciò via di notte, con la serva e un fagotto di biancheria, minacciandola dalla finestra con il duecanne.

Ah? Ucio?!

Ricordiamo e ci narriamo godendo della scena drammatica, e poi decidiamo a freddo di rislanciarci alla devastazione. Ucio infuriò come la grandine e la bora. Io ero già annoiato, e mangiando un grappolo d'uva pensavo: – Lavora, lavora, Ucio! Vila iera mia.

Povero Ucio. Io andai in villeggiatura, in Italia, oltre il confine, oltre il ponte dell'Iudrio; e Ucio intanto, per la vendetta, bersagliò con il flobert un fanale della carrozza del padron di casa, e ci lasciò dentro la palla. La sua famiglia fu mandata via dalla campagna. Io gli scrissi: – Caro Ucio, quando c'è un solo flobert 6 mm. in campagna, dopo tirato bisogna levar la palla dal fanale. – E così a me il padron di casa voleva molto bene, e quando stetti male mi condusse spesso a caccia.

Perchè avevo terribile mal di capo. Ero cresciuto troppo presto, e letto e studiato troppo nella convalescenza del tifo. Mi condussero da un dottore che mi visitò tutto, poi si levò gli occhiali e mi guardò fisso negli occhi.

Fu uno sguardo lungo e una lotta zitta fra me e lui. Io l'odiai fortemente perchè egli vedeva oltre la mia aria da malato. Non aveva pietà di me. Solo in quel momento m'accorsi d'aver sempre esagerato con molta verità l'emicrania. E lo guardai in viso, come a dirgli: – Io non sto male, sto benissimo, sono pigro, ecco, semplicemente. Mi secca andare a scuola. – Sentivo il sangue corrermi più sano nelle vene, rialzarsi di colpo il capo un po' inclinato in atto di debolezza: ero pieno di salute e di forza. Egli mi guardò a lungo, dubbioso, severo e quasi maligno; poi mi proibì la scuola e m'ordinò vita selvaggia. Avevo vinto.

Perchè voi non sapete quant'astuzia s'impara guardando come un'ape entra in un fiore e il ragno chiappa la mosca. Voi non sapete come un ragazzo possa, obbedendo, costringere i genitori a fare quello ch'egli vuole. Il nostro mondo raffinato è molto ingenuo. Basta che voi vi fabbrichiate una situazione in cui è ormai stabilito come ognuno degli altri si deve comportare. Se per esempio uno scolaro sviene all'esame di greco, non c'è professore che abbia la audacia di non credergli, di fargli ripetere l'esame e bocciarlo. Ognuno può pensare, dentro di sè, come vuole, ma v'assicuro che ognuno finisce per credere a ciò che per convenienza deve fare. E così lo scolaro lo portano in quattro nella sala della direzione, lo posano con le gambe alte, sul bracciolo del sofà, gli slacciano la cravatta, il vecchio bidello accorre barcollando con la cassetta crocerossa, gli toccano il polso, lo spruzzano. – Ma voi non sapete trattenere il respiro per un minuto. Ah se un barbaro venisse tra noi, compagni miei, come ci metterebbe tutti in sacco!

Ma questo si dice a cose finite. In realtà io ero ammalato sul serio di anemia cerebrale e vissi per sei mesi continuamente in carso. Fu allora che scopersi per la prima volta il mio carso.

Mi conosceva la terra su cui dormivo le mie notti profonde, e il grande cielo sonante del mio grido vittorioso, quando sobbalzando con l'acque giù per i torrent spaccati o franando dai colli in turbine di lavine e terriccio, d'un colpo di piede rompevo la corsa per cogliere il piccolo fiore cilestrino.

Correvo col vento espandendomi a valle, saltando allegramente i muriccioli e i gineprai, trascorrendo, fiondata sibilante. Risbalestrato da tronco a frasca, atterrato dritto sulle ceppaie e sul terreno, risbalzavo in uno scatto furibondo e romoreggiavo nella foresta come fiume che scavi il suo letto. E dischiomando con rabbia l'ultima frasca ostacolante, ne piombavo fuori, i capelli irti di stecchi e foglie, stracciato il viso, ma l'anima larga e fresca come la bianca fuga dei colombi impauriti dai miei aspri gridi d'aizzamento.

E ansante mi buttavo a capofitto nel fiume per dissetarmi la pelle, inzupparmi d'acqua la gola, le narici, gli occhi e m'ingorgavo di sorsate enormi notando sott'acqua a bocca spalancata come un luccio. Andavo contro corrente abbrancando nella bracciata i rigurgiti che s'abbattevano spumeggianti contro il mio corpo, addentando l'ondata vispa, come un ciuffo d'erba fiorita quando si sale in montagna. E l'ondata mi strappava giù a scossoni, voltolandomi nella correntia e mi rompevo sul fondo ripercotendomi al sole, strascinato per un tratto sulle erte rive, fra radici e sassi invano inghermigliati. Poi m'affondavo, e carrucolandomi per gli scogli rimontavo sfinito la corrente.

Il sole sul mio corpo sgocciolante! il caldo sole sulla carne nuda, affondata nell'aspre eriche e timi e mente, fra il ronzo delle api tutt'oro! Allargavo smisuratamente le braccia per possedere tutta la terra, e la fendevo con lo sterno per coniugarmi a lei e rotare con la sua enorme voluta nel cielo – fermo, come una montagna radicata dentro al suo cuore da un'ossatura di pietra, come un pianoro vigilante solo nell'arsura agostana, e una valle assopita caldamente nel suo seno, una collina corsa dal succhio d'infinite radici profondissime, sgorganti alla sommità in mille fiori irrequieti e folli.

E a mezzo mese nell'ora in cui la luna emerge dal lontano cespuglio e si fa strada fra le nubi, candida e limpida come un prato di giunchiglie in mezzo al bosco, io mi sentivo adagiato in una dolce diffusità misteriosa, come in un tremor di quieto sogno infinito.

Conoscevo il terreno come la lingua la bocca. Camminando guardavo tutto con affetto fraterno. La terra ha mille segreti. Ogni passo era una scoperta. In ogni luogo sapevo l'ombra più folta e la più vicina caverna quando mi coglieva la piova.

Amo la piova pesa e violenta. Vien giù staccando le foglie deboli. L'aria e la terra è piena di un trepestio serrato che pare una mandra di torelli. L'uomo si sente come dopo scosso un giogo. Ai primi goccioloni balzo in piedi, allargando le narici. Ecco l'acqua, la buona acqua, la grande libertà.

L'acqua è buona e fresca. Invade ogni cosa. La pietra se ne inumidisce bollendo. Se si mette il dito nell'umidiccio intorno ai fusti, si sente come le radici la poppano. Tutte le vite in patimento respirano libere.

Perchè la terra ha mille patimenti. Su ogni creatura pesa un sasso o un ramo stroncato o una foglia più grande o il terriccio d'una talpa o il passo di qualche animale. Tutti i tronchi hanno una cicatrice o una ferita. Io mi sdraiavo bocconi sul prato, guardando nell'intorcigliamento dell'erbe, e a volte ero triste.

Triste delle belle creature della terra. Io le conoscevo. Le mie mani sapevano le fonde spaccature estive dove lo zinzino occhieggia all'orlo con le sue lunghe antenne, e basta un fuscello o un soffio a farlo tracollar dentro; i muriccioli di sabbia con cui il filo d'acqua s'argina maestosamente, e seducevo la formica carica a salir su una larga foglia di platano per deporla cautamente al di là dell'alpe. Tutto m'era fraterno. Amavo le farfalle in amore impigliate nella trama nerastra del rovo, sbattenti disperatamente le ali in una pioggia di bianco pulviscolo, il bel ragno vellutato dalle secche zampe che sfilava nell'aria tremula il suo filo argentino perchè s'incollasse sulla peluria uncinata di una foglia, e tentava con la zampina il filo per slanciarvisi dritto e tessere l'elastica tela. Ronzava disperata nel mio pugno la mosca colta a volo; accarezzavo il bruco liscio e fresco che si raggrinzava come una fogliolina secca; tenevo avvinta per le grandi ali cilestrine la libellula; affondavo il braccio nell'acqua per sollevar di colpo in aria il rospicino dalla pancia giallonera; tentava di ritorcersi l'addome della vespa contro le mia dita e partorirvi il pungiglione. Squarciavo a sassate le biscie.

Sorridevo agli sbalzelli alati dei moscerini, tagliati dal colpo imperioso d'una mosca smeraldina, al pispillare roteante delle rondini, alle nuvole che si trastullano nella luce, rabbrividenti pudiche sotto le fredde dita curiose del vento, alla foglia navigante con rulli e beccheggi nell'aria, alle stelle germoglianti nel cielo quando col vespero si diffonde sul mondo un tepore leggero come fiato primaverile.

Scivolando negli arbusti, tenendomi agganciato al masso dirupante con due dita artigliate in una ferita muscosa della pietra, palpeggiando e sguazzacchiando con la palma aperta sull'orlo degli stagni, andavo spiando la nascita della primavera. Nel nascondiglio più benigno del boschetto, in un calduccio umido di seccume, ancora ancora quasi riscaldato dal sonno d'una lepre, io frugando trovavo la prima primola, il primo raggio di sole! l'occhio stupito della piccola primavera svegliata! E seguivo l'ondeggiar lieve del suo passo, annusando come cane in traccia, fra radici gonfie e germogli diafani, dietro un alioso sbuffo di rugiade erbose, di terra umida, di lombrichi, di succhi gommosi; un odor di latte vegetale, di mandorle amare – eccolo qui il sorriso roseo dei peschi, incerto com'alba invernale, cara, cara! e scuoto freneticamente questo tronco e quello e questo, spargendomi di petali e di profumo. Per terra schizzano violacee pozzerelle d'acqua, e il passerotto vi frulla con le ali, a becco aperto. Dolce amata mia, primavera!

Qualche volta mi fermavo nel bosco e alzavo il capo verso gli alberi alti e allineati. Udivo sgricciar una foglia, cader una coccola, un pigolio. Poi tutto era silenzio. Io non mi movevo.

Avevo voglia di buttarmi su uno di quei tronchi, stringerlo fra le braccia, stare con lui. Ma avevo paura di far strepito.

Cercavo lentamente con gli occhi una farfalla, un insetto. Niente si moveva. Qualche cosa era nascosta nel fogliame, mi guardava, e io non la vedevo.

Nel bosco rimparai a pregare. Dicevo: – Dio voglimi bene; Dio voglimi bene. – Una volta mi buttai per terra e piansi a lungo.

Salto e sbalzo verso il lembo aperto di cielo. Sotto il sole lampeggia e rutila in fondo il dolce ricordo. Dove vado? Lontana è la patria, e il nido disfatto. Ma il vento trascorre con me, desiderando, oltre il margine roccioso del carso, e sono sopra il mare, la larga strada del vento e del sole.

Io sono nato nella grande pianura dove il vento corre tra l'alte erbe inumidendosi le labbra come un giovane cerbiatto, e io l'inseguivo a mani tese, ed emergevo col caldo viso nel cielo. Lontana è la patria; ma il mare luccica di sole, e infinito è il mondo di là del mare.

E la fertilità della terra sgorga pregna di succo nelle grandi foglie carnose e accende di vermiglio i pomi tondi sulle piante intrecciate fra loro, empiendo di gioia l'anima degli uomini.

Calda è la messe d'oro, e il profumo dei cedri e delle magnolie ha colto l'uomo nella sua fatica, ond'egli s'è ripiegato sulle spighe e dorme ravvolto nel sole.

Pennadoro, nuovovenuto, se tu non dormi tua è la terra del sole.

Il monte Kâl è una pietraia. Ma io sto bene su lui. Il mio cappotto aderisce sui sassi come carne su bragia; e se premo, egli non cede: sì le mie mani s'incavano contro i suoi spigoli che vogliono congiungersi con le mie ossa. Io sono come te freddo e nudo, fratello. Sono solo e infecondo.

Fratello, su di te passa il sole e il polline, ma tu non fiorisci. E il ghiaccio ti spacca in solchi dritti la pelle, e non sanguini; e non esprimi una pianta per trattenere le nuvole primaverili che sfiorandoti passano oltre e vanno laggiù. Ma l'aria ti abbraccia e ti gravita come grossa coperta su maschio che aspetti invano l'amante.

Immobile. La bora aguzza di schegge mi frusta e mi strappa le orecchie. Ho i capelli come aghi di ginepro, e gli occhi sanguinosi e la bocca arida si spalancano in una risata. Bella è la bora. È il tuo respiro, fratello gigante. Dilati rabbioso il tuo fiato nello spazio e i tronchi si squarciano dalla terra e il mare, gonfiato dalle profondità, si rovescia mostruoso contro il cielo. Scricchia e turbina la città quando tu disfreni la tua rauca anima. Fratello, con la tua grande anima io voglio scendere laggiù.

Perdonami, s'io balzo su come tu non puoi e t'abbandono. È come se d'improvviso una fonte t'infertilisse sgorgandoti dentro il cuore. Gorgoglia e fiotta la nostalgia irrequieta. Ho desiderio d'andare, fratello. Ho desiderio di possedere grandi campi di frumento e prati ombrosi. La patria è laggiù. Bisogna ch'io sia fratello d'altre creature che tu non conosci, che io non conosco, monte Kâl, ma vivono unite laggiù dove calano le nuvole turgide di piova.

Anni giovani che vi spalancate tremando come corolle di violette nella neve, dove volete gioiosi portarmi? Alzo le braccia e le riabbasso freneticamente come se avessi ali, e a ogni colpo i miei denti aggrappassero materia più leggera, e tanto diafana che l'anima mi si spandesse a formar l'alba d'una nuova vita. E sbalzo sul suolo, ripercosso dallo stesso monte che mi comprende e m'aiuta. Calo giù.

La bora mi schiaffa a ondate nella schiena e piombo, torrentaccio. I sassi voltolano e rotolano rombando. Ogni passo è nuovo, chè se il piede trova traccia si storce e stracolla. Giù. Il petto rompe a sperone l'aria. Giù, scivolando: un volo fino al ramo prossimo, al ciuffo d'erba che – un dito toccandolo – mi tiene in piedi. Scatta il sasso in bilico ber buttarmi a rovina, s'apre in dirupo la terra per accogliermi sfragellato; ma le mie gambe sono dure e flessibili. Così calava Alboino.

Lichene sotto ai piedi, scricchiolante, rigido; erba giallastra come foglie morte; un querciolo torto, e eccoli i piccoli verdi pini che ondeggiano la testa come bimbi dubitosi. Stretti e intrecciati, così che i piedi s'impastoiano, e com'io mi chino ad aprirmi la strada mi punzecchiano pruriginosi le guance. Procedo: sono tra i pini giganti. Un contadino con la frusta di pastore si ferma e mi guarda.

Mongolo, dagli zigomi duri e gonfi come sassi coperti appena dalla terra, cane dagli occhi cilestrini. Che mi guardi? Tu stai istupidito mentre ti rubano gli aridi pascoli, i paurosi della tua bora. Barbara è la tua anima, ma sol che la città ti compri cinque soldi di latte te la rende soffice, come le tue ginepraie se tu vi cavi un palmo di macigno. Fermo nel bosco, intontito, aspetti che si compia il tuo destino. Che fai, cane! O diventa carogna putrida a impinguare il tuo carso infecondo. Calcare che si sfà e si scrosta e frana, tu sei, terriccio futuro. Di', sloveno! quanti narcisi produrrai tu questa primavera per le dame del Caffè Specchi?

S'ciavo, vuoi venire con me? Io ti faccio padrone delle grandi campagne sul mare. Lontana è la nostra pianura, ma il mare è ricco e bello. E tu devi esserne il padrone.

Perchè tu sei slavo, figliolo della nuova razza. Sei venuto nelle terre che nessuno poteva abitare, e le hai coltivate. Hai tolto di mano la rete al pescatore veneziano, e ti sei fatto marinaio, tu figliolo della terra. Tu sei costante e parco. Sei forte e paziente. Per lunghi lunghi anni ti sputarono in viso la tua schiavitù; ma anche la tua ora è venuta. È tempo che tu sia padrone.

Perchè tu sei slavo, figliolo della grande razza futura. Tu sei fratello del contadino russo che presto verrà nelle città sfinite a predicare il nuovo vangelo di Cristo; e sei fratello dell'aiduco montenegrino che liberò la patria dagli osmani; e tua è la forza che armò le galere di Venezia, e la grande, la prosperosa, la ricca Boemia è tua. Fratello di Marko Kraglievich tu sei, sloveno bifolco. Molti secoli giacque Marko nella sua tomba sul colle, e molti di noi lo credettero morto, per sempre morto. Ma la sua spada è risbalzata ora fuor dal mare e Marko è risorto. Trieste deve esserti la nuova Venezia. Brucia i boschi e vieni con me.

Lo sloveno mi guarda seccato. – Brucia i boschi che gli italiani, gente sfatta di venti secoli, portarono qui per potere andare a sentire la conferenza di Donna Paola e entrar nella Borsa senza bora! – Lo sloveno mi dà un'occhiata sghignante, taglia un ramo, estrae di tasca vecchi fiammiferi che ardon con lenta fiamma violetta, e accende paziente il foco. Io l'aizzo, ma egli fa un passatempo di pastore; io l'aizzo come se fossi slavo di sangue.

O Italia no, no! Quando il boschetto cominciò ad ardere, io m'impaurii e volli correre per soccorso. Ma egli mi disse: – Xe lontan i pompieri –; sorrise lentamente, raccolse la frusta, e andò spingendo le quattro vacche.

Io mi sdraiai, sfinito. «Così calava Alboino!»

Povero sangue italiano, sangue di gatto addomesticato. È inutile appiattarsi e guatare e balzare con unghioni tesi contro la preda: la polpetta preparata è ferma nel piatto. Tu sei malato d'anemia cerebrale, povero sangue italiano, e il tuo carso non rigenera più la tua città. Sdraiati sul lastrico delle tue strade e aspetta che il nuovo secolo ti calpesti.

Così stagnai, acqua marcia. E il bosco ardeva e la bella fiamma crepitante insanguinava il cielo.

All'alba rinacqui. Non so come fu. Il cielo era puro e io scorsi la bella bianca città laggiù, e la terra arata. E di un balzo, come chi abbia visto Dio, mi buttai su di lei. Sparito era il sogno e l'incubo: perchè io sono più che Alboino.

Tremando mi caccio nel solco e mi ricopro della terra gravida, sconvolgendo la sementa. E questo tocco di zolla ghiacciata io l'addento come pane. Sotto, pulsano le radici. E la mia anima veramente s'allarga come acqua in una conca immensa, e sento che un albero lontano sussulta per il vento comprimendo intorno a sè la terra, e certo quest'idea che mi nasce è la prima primola nei campi.

A carponi e a tentoni cerco le cose, sbarrando gli occhi, e i rami invernali pingui di gemme contenute, gli stecchi senza linfa del vigneto, la terra ghiaiosa che mi preme i calzoni sul ginocchio, tutto freme com'io lo tocco, perchè io sono la primavera.

Rose, rose, rose. E io pungendomi colgo e empio di rose la mia via. Di qui passerà un giorno ella e mi troverà seguendo la rossa traccia. Ah anima amata, è nato oggi nel mondo un poeta, e t'attende.

È nato un poeta che ama le belle creature della terra perchè egli deve ridare puro il loro torbido pensiero, come acqua succhiata dal sole. E ruba e stronca dalle belle creature della terra perchè egli non è pietoso e sa soltanto di dover nutrire di sangue vivo. Troppe mammelle di latte nel mondo, e la forza vitale è debole e accasciata, e gli uomini si lagnano d'essere vivi.

Nella mia città facevano dimostrazione per l'università italiana a Trieste. Camminavano a braccetto, a otto a otto; gridavano: viva l'università italiana a Trieste, e strisciavano i piedi per dar noia alle guardie. Allora mi misi anch'io nelle prime file della colonna, e strisciai anch'io i piedi. S'andava così giù per l'Acquedotto.

A un tratto la prima fila si fermò e dette indietro. Dal caffè Chiozza marciavano contro noi in doppia, larga fila i gendarmi, baionetta inastata. Marciavano come in piazza d'armi, a gambe rigide, con lunga cadenza, impassibili. Ognuno di noi sentì che nessun ostacolo poteva fermarli. Dovevano andare avanti finchè l'Imperatore non avesse detto: halt! Dietro quei gendarmi c'era tutto l'impero austrungarico. C'era la forza che aveva tenuto nel suo pugno il mondo. C'era la volontà d'un'enorme monarchia dalla Polonia alla Grecia, dalla Russia all'Italia. C'era Carlo Quinto e Bismarck. Ognuno di noi sentì questo, e tutti scapparono via interroriti, pallidi, spingendo, urtando, perdendo bastoni e cappelli.

Io rimasi a guardarli con meraviglia. Marciavano dritti avanti, senza sorridere, senza ridere. La gente che scappava era per loro lo stesso che la compatta colonna che marciava per l'università italiana. Io rimasi fermo a guardarli, e fui arrestato.

Un gendarme mi prese per il polso sinistro e andammo. Era una cosa molto strana. Egli continuava a camminare del suo passo; io cercavo d'imitarglielo. Gli occhi della gente che passava mi percorrevan tutto come gocce fredde nella schiena, dandomi un brivido, tanto che il gendarme pensò: Der Kerl hat Furcht. Ma forse non pensò niente, e continuava a camminare del suo passo. Ricordo benissimo che un giovanotto passando estrasse la destra inguantata per arricciarsi il mostacchio destro, poi tirò fuori la sinistra per arricciarsi il mostacchio sinistro. Io avevo voltato la testa per vederlo, sì che, il gendarme procedendo, mi sentii tirare avanti. Una donna, con un bel boa, torse gli occhi, ma vidi che rideva. Perchè mi lascio condurre da questo imbecille?

Ha le spalline grosse, giallonere. Perchè non lasciarmi condurre da lui? Si va dove non so, ma non è necessario ch'io sappia. Mi conduce lui, svolta, scantona, e i miei piedi si pongono sempre paralleli ai suoi. La baionetta scintilla molto lucida. È carico il tuo schioppo?

Perchè non mi risponde? E un garzone di beccaio, invece di far due passi di più, salta oltre la panca di passeggio, e il grembiule macchiato di sangue vecchio si gonfia e sbatte svolazzando. Appena siamo passati ci guarda e urla – Dèghe al giandarmo! – Scappa.

Io vedo bene pulsare l'arteria nel collo di questo imbecille. E le mie mani sono molto lunghe, e sono come ossa ai polpastrelli. E non c'è gente. Alboino.... Ma io sono più che Alboino. Io sono più che Bismarck. Io stringo insensibilmente il pollice dentro le altre dita e faccio della mano una più sottile prolungazione del polso. Lentamente scivolo fra le sue dita rallentate per il freddo. Intanto parlo: – Triste vita la loro! Chè! capisco bene che lei fa il suo dovere. Quante ore di servizio hanno?: otto? consecutive? e lassù in carso, con tutti i tempi, di notte. – Nella gola mi cantano alcune parole fresche che la mia bella veciota venesiana me l'insegnò: Nè per torto nè per rason, no state far meter in preson. – Guardo negli occhi il gendarme, strappo, via. Viva la libertà! Io sono italiano.

Neanche mi rincorse. E io, dopo duecento metri di corsa furiosa, rimasi male a vederlo impalato, lontano. Poi riprese la sua marcia cadenzata, toc, tac, in direzione opposta.

Toc, tac: pare che s'avvicini, che sia qua dietro a me, con la sua mano sulla mia spalla. Filai in un portone: nel casotto del portinaio c'è un cranio calvo, assiepato da una corona di capelli fini, di bimbo, curvo su una scarpetta da signora. Esco; mi pianto la berretta più salda in testa, mi ravvolgo nella mia mantella e cammino picchiando con forza il lastrico come se tra esso e i miei scarponi sia qualche cosa che bisogna vincere.

Poi corsi al mare.

Nel mare mi lavai il viso e le mani. Bevvi l'acqua salsa del nostro Adriatico. Lontano, nel tramonto, le alpi italiane eran rosse e oro come dolomiti. Sui trabaccoli romagnoli calavano le allegre bandiere tricolori, e il focolaietto di bordo fumava per la polenta. Mare nostro. Respirai libero e felice come dopo un'intensa preghiera.

Ma m'accorsi, dopo, che la gente mi guardava. I miei scarponi bullettati erano polverosi e i miei atti curiosi. Non avevo il viso di quella gente perfetta che camminava su e giù per le rive senza andare in nessun posto. Era gente che guardava ed era guardata. I giovanotti avevano larghi soprabiti a campana, con di dietro un taglio lungo, come le giubbe dei servitori, e bastoni grossi e lievi che volevano sembrare rami appena scorzati. Le signorine erano accompagnate dal babbo o dalla mamma, e avevano stivalini lustri come i dorsi delle blatte. Erano stivalini assai più puliti e limpidi che i loro occhi. Anch'esse mi guardavano, con contegno; ma s'io le guardavo, voltavan gli occhi. Non sanno sostenere uno sguardo d'uomo.

Ora in questo via vai i giovanotti schivavano le signorine con accortezza in modo da sfregarle un poco, ma non tanto che alcuno potesse dire un bada a te. In generale tutti sorridevano e si levavano a ogni cinque passi il cappello inchinandosi leggermente di schiena. Io li guardavo meravigliato, e mi cacciavo tra loro, stordito dal trepestio e bisbiglio di quell'andar senza ragione.

Andai lentamente per la città, trasportato dal loro lento fluire. Difficile è camminare tra gente inoperosa. Quello che precede si ferma d'un tratto; un'altra esce di bottega con la testa rivolta a ringraziare il commesso che le ha sganciato dalla maniglia la manica a sbuffi; il terzo vuol camminare dietro a una signorina: tanto che io stufo di schivare misi le mani in tasca e camminai a linea retta facendo crocchiare le bullette sul lastrico. Stracciai una sottana e mi lasciaron camminare facendomi largo.

Ma anche così non si è liberi camminando in città. Ogni vostro passo in città è controllato da spie che fanno finta di non vedere. I portinai dai portoni aperti adocchian, di sotto, chi entra; i caffeioli passano lunghe ore mirando le gambe della gente; la signora tiene stretta la borsetta badando a destra e a sinistra se alcuno le si avvicini. Nessuno si fida di nessuno, benchè tutti salutano tutti.

E benchè io sia coperto molto bene dalla mia mantella, questi occhi, questo controllo nascosto mi opprimono. I fanali s'accendono rossi sfolgoranti; le grandi case rettangolari incombono. Se mi sdraiassi sul selciato? Io sono stanco.

Mi volto bruscamente. Lassù è il monte Kâl. Perchè scesi?

Bene: ora sei qui. E qui devi vivere. Mi abbranco il petto con le mani per sentire se il mio corpo è, e resiste. E dunque avanti. Io voglio entrare nella taverna più lurida di Città vecia.

Fumo e puzza. Soffoco. Ma accendo anch'io la pipa, fumo nel fumo, e sputo. – Camarier! mezo quarto de petess. – Anche l'acquavita io posso bere, se altri la bevono, e questo bicchiere è pulito se altri possono accostarci le labbra e trincare. Sull'orlo di questo bicchiere ci può essere, invisibile, l'agonia per tutta la mia vita; ma io bevo. E alzo gli occhi sui miei compagni.

Un carbonaio, dalla spalla sinistra cresciuta come un enorme tumore, sputa chiazze nere. Una donna con peli duri sul labbro, spruzzati di cipria, si netta la bocca con le dita cicciose. Sotto la tavola lo scamiciato che le sta seduto dirimpetto le tira, freddo, una ginocchiata fra le gambe. Tra i capelli neri, unti, della padrona della bettola splende rosea al becco del gas una natta. La guardo oltre il fondo appannato del bicchiere.

Camarier! 'ncora mezo quarto! – E picchio col pugno chiuso sulla tavola zoppa. Mi guardano, e continuano i loro discorsi.

Accanto a me due figuri con la giacca buttata sulla spalla e la camicia blu parlano d'una brocca di stagno, come fu rubata. Altri schiamazzano e cantano. Bene. Niente è qui strano, e tutto è duro e definito come gli spigoli del carso. S'io dò un pugno sul muso di quel facchino, lui mi tira due pugni. S'io faccio la filantropia schiavebianche a quella donna, essa mi risponde dandosi una manata sul culo. Sono tra ladri e assassini: ma se io balzo sul tavolo e Cristo mi infonde la parola io con essi distruggo il mondo e lo riedifico. Questa è la mia città. Qui sto bene.

## II.

Eh, ma in città, prima ancora di andar lassù in carso, io mi annoiai molto. Ora ci penso; e vorrei raccontarvi dei miei anni di scuola, dei miei cari condiscepoli, delle prime persone che conobbi; ma non m'interessa abbastanza. Vi scriverei lunghe pagine seccanti. Invece è bello raccontare godendo delle proprie avventure e dei sogni. Io mi diverto pensando alla mia vita.

Anche la città è divertente, sebbene qualche volta m'abbia seccato. Mi piace il moto, lo strepito, l'affaccendamento, il lavoro. Nessuno perde tempo, perchè tutti devon arrivare presto in qualche posto, e hanno una preoccupazione. Nei visi e negli stessi passi voi potete riconoscere subito in che modo il passante sta preparando l'affare. Se guardate bene, siete subito presi in un gioco eccitante d'operosità, e la vostra intelligenza batte e rimanda istantaneamente i possibili attacchi d'astuzia, di coltura, di bontà, di vendetta. Un inquieto e giovine animale s'agita in voi, e voi andate per le strade ricchi della sua vita istintiva, com'uno a cui ricircoli il sangue nella mano stecchita di freddo sotto il guanto. Andate contenti nell'aria fusa di strepiti e volontà, sentendo che qui, dove l'interesse d'ogni passante trabocca, comunica, scorre negli altri, e si scansan gli urti e i carri accogliendo con logica inavvertenza le mosse altrui, qui, nella strada, si decide il domani del mondo.

E io vado per le strade di Trieste e sono contento ch'essa sia ricca, rido dei carri frastornanti che passano, dei tesi sacchi grigi di caffè, delle cassette quasi elastiche dove fra trine e veli di carta stanno stivati i popputi aranci, dei sacchi di riso sfilanti dalla punzonatura doganale una sottile rotaia di bianca neve, dei barilotti semisfasciati d'ambrato calofonio, delle balle sgravitanti di lana greggia, delle botti morchiose d'olio, di tutte le belle, le buone merci che passano per mano nostra dall'Oriente, dall'America e dall'Italia verso i tedeschi e i boemi.

Se voi venite a Trieste io vi condurrò per la marina, lungo i moli quadrati e bianchi nel mare, e vi mostrerò le tre nuove dighe nel vallon di Muggia, fisse nell'onde, confini della tempesta, costruite su enormi blocchi di calcare cementato. Per il nuovo porto minammo e frantumammo una montagna intera. Mesi e mesi di furibondi squarciamenti che rintronavano l'orizzonte e s'abbattevano come il terremoto sulle nostre case piene di finestre. E piccoli vaporini, un po' superbi del loro pennacchio di fumo, facevan rigar dritte lunghe file di maone tutte pancia, – e dalla strada napoleonica si vedeva sfolgorar nel mare i carichi di pietra scintillante. Quest'è il quarto porto di Trieste. La storia di Trieste è nei suoi porti. Noi eravamo una piccola darsena di pescatori pirati e sapemmo servirci di Roma, servirci dell'Austria e resistere e lottare finchè Venezia andò giù. Ora, l'Adriatico è nostro.

Io avrei dovuto fare il commerciante. Mi piacerebbe di più trattare e contrattare che studiare i libri. La bella cosa viva che è l'uomo! le sue mani che s'insaccocciano per nascondervi i moti istintivi alle vostre parole, i suoi misteriosi occhi fondi che s'attaccano su i vostri per impedirvi il salto di fianco, la sua idea precisa, sotterranea, che vi chiama al centro vorticoso girandovi in spirale ironica dietro le spalle! Bella cosa è l'uomo, e mette voglia di combattere. Dal suo modo di parlare voi capite che prezzo bisogna fargli. Egli guadagna tempo, sorride, pulisce gli occhiali, accende una sigaretta – voi, ecco, sapete la vostra strada e le tappe. O! anch'egli è giunto all'improvviso, e fa finta di non guardarvi, ma tutto il suo corpo si meraviglia della scoperta e si slaccia gioioso di sicurezza: e voi siete due uomini smascherati di fronte, e armati che l'altro non si rificchi nella macchia. Ma chi di voi sa far smaniare quell'altro della sua insufficiente certezza? Chi sa rigirarlo nelle mani e spremer acqua dal fuoco e spegnerlo, e bruciarlo secco? Anche domani è un giorno: e un giorno che può dar mille per le cento corone che oggi vi siete fatte rubare. Ah quel caffè che nel Brasile fiorisce male questa primavera!

Primavera, calda primavera, amici miei, nuovo sole su grano nuovo, strade più larghe e braccia piene di rami fioriti – e noi andiamo a scuola con il pacco di libri al fianco. Andiamo fra la gente e le carrozze, trasognati dietro i nostri desideri di commercianti, di soldati, di pompieri; levandoci ogni mattina alle sette, alle sette e qualche minuto di dolce coscienza semisveglia di letto, ogni mattina, perchè, la domenica, c'è messa. Primavere lampanti ai verdi scuretti. Grigia piovosità d'inverno. Pomi e pere grasse sugli alberi. Autunno ritornato. Ogni mattina. Il falegname pialla; – l'officina nera con la macchia sfavillante, alcuni mezzivisi, un martello in alto; – gli operai con i calzoni blu sollevare il lastricato e picconare il massiccio terreno per una conduttura d'acqua o di gas. Com'è triste il piccone e la vanga nel terreno battuto della città! Si lavora senza che nessuno vi possa seminare.

Ecco il casamento arido. Otto classi, venti parallele. Qua dentro ho passato nove anni della mia vita.

Una buona ragazza, di carne incitante, e un giovane alto e forte, qualche volta triste. Essi si sposeranno fra ott'anni. Essi stanno seduti su un largo sofà, tenendosi strette le mani e godendo dei loro caldi corpi.

La mamma vuol assai bene alla figliola, ed è un po' seccata dei lunghi anni e della serietà del giovane. Sarà contenta quando si sposeranno, se il giovane non porterà via la figliola e staranno insieme, allegri e senza tormenti.

La zia corre, alzando e calando con la sua gamba zoppa, a preparare l'arrosto per la nipote bella che le promette un bacio. La zia è contenta che essa faccia come vuole il giovane, non vada ai balli, vada poco al teatro, legga qualche libro. Egli è l'unico che la difenda contro la cognata, e la zia gode che l'idee di lui siano opposte a quelle della cognata.

Il babbo, a tavola, si sbottona il gilè e additando con la mano grassa e unta la sovrabbondanza delle vivande dice sodisfatto: – Se moro mi, i mii no i ga de magnar. – Egli è contento d'aver sulle spalle un peso sempre più grave, e brontola sempre perchè i suoi capiscano com'egli sappia lavorar bene.

Il giovane comprende benissimo tutta la piccola famiglia estranea, e anche l'ammira. E la ragazza è buona, e quando egli la rimprovera o s'addolora perchè non si capiscono, gli dice con carezza: – Sì, sì, ti ga ragion, ma ti vederà, studierò, legerò, semo tanto giovini. No stemo esser tristi, dai!

E gli anni passano, passano tre anni, e ognuno un giorno vede la sua strada. Così il giovane intruso lasciò la povera ragazza disperata, salutò la mamma, andò via, e soffrirono per qualche tempo.

Ero stato socio della «Giovane Trieste», non mi ricordo più sotto che nome, perchè il regolamento delle scuole medie austriache proibiva allora di far parte di qualunque società, «specialmente se politica». Pagavo regolarmente i dieci soldi settimanali. Assistevo regolarmente alle sedute.

Tintinno del campanello automatico, il socio entrava, diceva: – Bonasera, – guardava attorno per trovare un conoscente, si faceva portare una bottiglia di birra dal custode – un ometto simpatico con orecchie a vela e naso grosso e lungo, a cui sarebbero stati bene i colletti a risvolto dei nostri nonni, – accendeva una sigaretta, leggeva i giornali, chiacchierava. Non si faceva niente, ma ci si consolava pensando alla preparazione. Tutti si lagnavano della «Patria», la direzione del partito liberale di cui noi eravamo l'ala sinistra; ma prima di decidere un leggero rimprovero a questo o quel nostro uomo rappresentativo, si domandava il permesso alla «Patria». Una sera, in seduta, quando l'i. r. commissario era già andato via – perchè quando c'era lui si davano annoiatamente i resoconti di cassa e si leggeva sorridendo la relazione ufficiale, – si inveì con forte parola contro l'apatia remissiva di Hortis e degli altri deputati. Poi si votò un vibrato ordine del giorno; e, come cosa implicita, il presidente domandava chi volesse venir con lui da Venezian per il nulla osta. Io chiesi timidamente dalle sedie: – Ma perchè domandare il permesso a Venezian? – Tutti rimasero stupiti. S'alzò su un giovanotto dal viso insecchito e mummificato in buchi e angolosità, e sorrise con indulgente compassione fra i denti guasti, salivando abbondante. Poi disse, un po' tartaglia, ma come chi la dice buona: – Se vedi che 'l mulo ga de magnar 'ncora pagnote! – Si sedette contento, e tutti risero battendo le mani.

Fu quella l'unica volta che pronunziai mezza parola in seduta pubblica. Del resto brontolavo con i pochi altri ingenui intorno a un tavoloscacchiere progettando ogni sera di formar la «montagna» nel seno stesso della società. Ma non si concluse mai nulla. E soprattutto ascoltavo i discorsi dei maggiori, per imparar di politica, per aver armi contro la zia che disapprovava l'occuparsi d'irredentismo. Parlavano in generale di trucchi da fare alle guardie, dell'ultima schifoseria giallonera dei socialisti, del loro capo ufficio come si sedeva sulla sedia e teneva la penna. Uno poteva imparare come si fabbrica lo schizzetto triplice per dipingere di biancorossoverde la k. k. polizia; e poteva anche essere informato che Franzca del 41 era passata, per cause ignote, nel casino in via del Solitario. Un giovanottino con un neotre peli lunghi raccontava della campagna a Domokos e della strippata data a Roma per l'anniversario dello Statuto. Perchè la patria era mescolata al risotto alla milanese e all'ipermanganato di potassa al 3 %. La patria era per loro come quando i giornali pubblicarono il telegramma della morte di Carducci, e un po' più in su, un po' più in sotto, dicevano della neve in Carinzia e dell'ambasciatore francese in viaggio.

Io mi meravigliavo. Io sentivo la patria, esclusiva e sacra. Mi tremava il petto leggendo di Oberdank. Avrei voluto morire come lui.

E seguivo sulla carta geografica le campagne di Garibaldi, commovendomi degli eroi. Garibaldi mi fu un venerato amico e dio. Ancora oggi quando sento parlare storicamente di lui, il cuore mi balza in rivolta. Io sono ancora un bimbo che vorrebbe combattere sotto i suoi occhi.

Ma noi nascemmo in altra generazione. Noi cantammo per le strade:

All'armi, all'armi! Ondeggiano

le insegne giallo e nere.

Fuoco, per dio! sul barbaro,

su le tedesche schiere;

scappammo davanti alle guardie di pubblica sicurezza e lontani, a branchi, continuammo a cantare

Non deporrem la spada

fin che sia schiavo un angolo

dell'itala contrada.

Non deporrem la spada

fin che sull'alpi Giulie

non splenda il tricolor.

E a casa trovammo la mamma piangente di affanno e di paura per noi. Ci si bacia, e si va a dormire, soddisfatti.

Io ebbi uno zio garibaldino che a quattro anni mandava in lettera al babbo un pezzo di pane di collegio per fargli gustare che roba gli davano; e a tredici scappò dal collegio, di notte, gridando: – Viva l'Italia! –, e camminò, senza un soldo, da Fiume a Venezia, per arrolarsi con Garibaldi. Non lo presero perchè era troppo giovane; ma gli promisero una lira al giorno per il mantenimento. Egli prese la lira e la buttò nel canale: che non voleva soldi da chi aveva meno di lui. Un parente lo trovò seduto su un rio, sbocconcellante un tocco di pane, sodisfatto. – Da giovane combattè.

Era abile commerciante, pieno di risorse e iniziative. Fu povero, ricchissimo, quasi povero, agiato. Una volta capitò nel suo scrittoio uno, dicendo che zio gli doveva dieci fiorini. Zio rispose che glieli aveva già restituiti. L'altro negò. Zio prese di portafoglio una banconota da dieci, la pose sul tavolo, prese un fiammifero, accese una candela, e tenne la banconota, delicatamente per un angolo, sulla fiamma, finchè bruciò tutta.

– Ghe fazo veder che no me interessa de diese fiorini; ma a lei no ghe devo un soldo. Bongiorno.

Sposò a modo suo, contro la volontà e il piacere di tutti i suoi parenti; studiò in tre mesi il croato e andò con la sua donna nelle foreste della Croazia, a fare il mercante di legnami. Cosicchè egli fu sempre per quasi tutti i parenti uno screanzato mistero da stare in guardia, un uomo presuntuoso e senza giudizio. Lo sfuggivano seccati; e se mai dovevano parlare con lui per convenienza, l'ascoltavano come s'ascolta la storiella mille volte ripetuta del vecchio parroco di campagna, e guardandolo di sfuggita in viso per presentire che nuovo tiro meditasse. Pure era ottimo e calmo, benchè anima di passioni. Era alto, e tarchiato di petto; il viso largo, a tratti grossi, senza delicatezze, ma gli occhi come quelli di mamma, e la barba bionda chiara, ingiallita dal fumo. Camminava con il passo delle guide. Parlava lentamente, con voce bassa, profonda, negli occhi una gioia quasi puerile per ciò che raccontava, ma d'una puerilità pregna di dolore e disperazione. Non aveva che la famiglia; e la moglie gli era morta; una figlia gli s'era uccisa; un'altra aveva abbandonato il marito e s'era fatta canzonettista. Non piangeva; ma quando, seduto nel nostro salotto, tossiva, la corda più bassa dell'arpa di mamma dava una vibrazione lunga, terribile. Era stanco e quasi sfinito. Mamma gli diceva: – Eh, su, coragio, ti xe ancora come un giovinoto! –; ed egli sorrideva: – Sì, son ancora forte; ma – e sollevava il braccio destro nella posizione in cui si spiana lo schioppo, e il braccio gli tremava benchè egli alzandolo aveva sperato che gli stesse fermo. – Ma le gambe le xe ancora bone – concludeva. E ancora, per la terza o quarta volta, si rimise, a cinquant'anni, e andava a caccia, e progettava di costruirsi una casetta in carso, vicino a Gropada, su una terrazza calcarea dominante un vasto orizzonte di grebani e cielo. Mi ricordo che ci tracciò col bastone ferrato i limiti dove sarebbe sorta la casa.

Era intelligente, e nessuno sa quante cose nostre, che ora a poco a poco cominciano a esser discusse, egli già ne parlava con chiarezza, come uno così fuori dalle osservazioni e valutazioni abituali che gli è naturale e ovvio comprendere verginamente le cose, e si meraviglia che la gente non abbia le sue idee.

Era sempre in carso e i contadini lo chiamavano «el paron». I conoscenti gli chiedevano, tanto per dir qualche cosa: – Ma no ti ga paura d'esser sempre fra quei s'ciavi duri?

– Ma se no i ghe fa mal nianca a una mosca! I xe boni come fioi. Ciò, natural!: se va uno de quei ebreeti triestini co' le gambe storte e 'l ghe canta in te le recie: «Nela patria de Rosseti no se parla che italian», lori i xe a casa sua e i ghe dà un fraco de legnade, se capissi. Cossa i dovaria far? – Dopo continuava: – Ma mi vado per i campi, su l'erba, e nissun me disi mai niente. Un'unica volta, ghe stavo drio a una pernise, camminavo ne l'erba e me son sentì ciamar da un contadin: – Paron, chi me pagarà l'erba? – El iera lontan, e no 'l se ris'ciava de 'vizinarse. Mi lo go vardà. E ghe go dito a pian: – Vien qua che contemo insieme i fili de erba che go zapà, che te li pago. – Ma ghe lo go dito con un'aria che – e lu fila via come el levro. Concludeva: – Xe natural: el s'ciopo no sta mai mal. Ma provè andar in Italia, in Friul, per le campagne, e po' me savarè dir. Qua i xe tropo boni, co' sti farabuti de cità.

Odiava la gente vuota e ingiusta, benchè nei suoi giudizi egli fosse tutto fuoco. Non sopportava le chiacchiere di Venezian e compagni: – ....la patria romana, ....i venti secoli di civiltà.... – ma la panza per i fighi! Fioi de cani! Ve volevo là quando che subiava. I se la saria fata in braghe. – Di Garibaldi non l'ho sentito parlar mai, neanche una volta.

Io ho piacere d'aver avuto questo zio. Gli voglio sempre più bene, e qualche volta mi rammarico di esser stato così bimbo, allora, quando viveva, e non averlo conosciuto veramente. Ora qualche sera poggio la testa sulle ginocchia di mamma e mi faccio raccontare di lui.

Mi disse una volta che dieci muloni m'avevano aggredito e tutti i parenti si condolevano del gnocco susinoso lasciatomi in una guancia; mi disse girando gli occhi quasi sbadatamente: – Spero che no ti sarà restà debitor de assai.

No credo, zio.

Mamma è malata. Io sto sdraiato accanto a lei sul margine del letto, accarezzandole la fronte e le mani. Così passiamo qualche ora.

Ogni tanto ella mi guarda e mi domanda: – Credi che guarirò ? – Io la sgrido come una bimba e le racconto di quando sarà guarita.

Io vorrei difenderla contro il male e tenerla allegra. Mamma è buona. Ha sofferto assai nella vita, piangendo in silenzio, e cercando di giustificare chi la maltrattava. Non disse mai una parola d'odio, si rinchiuse in sè con i suoi figli, come una povera creatura battuta. Io non perdono a chi le fece male. Io voglio che la nostra mamma possa godere di noi più bravi degli altri.

– Quando sarai guarita verrai un mese con me a Firenze, vuoi? C'è le colline e gli ulivi, e staremo in pace. Ora son passati tre mesi, poi passa ancora uno, e dopo facciamo una gran festa. Io butto il cappello in aria: mamma è guarita. Vuoi?

Ella tace rabbrividendo di gioia. E io le parlo e le racconto tante cose buone, ma sono stanco di questa triste camera oscura, con poca aria, con l'orologio che batte il suo tempo. Vorrei rifugiarmi al mio tavolino e lavorare, scrivere un'allegra poesia, uscire in campagna ed esser solo con il sole e l'aria. Io avrei bisogno di prosperità e contentezza. Sono quasi irritato contro il suo male, contro l'oscurità che è calata da tanti anni nella nostra casa.

Si vive paurosi di svegliar negli altri certe cose che sono sempre presenti dentro di noi; si vive a bassa voce, guardandoci di sfuggita in viso dopo una risata. Molti giorni si imbocca la minestra e la carne senza dir parola, sforzandoci a interessarci dei piccoli che raccontano della scuola. Si vive così da molti anni. E la mamma guarda i nostri occhi che s'abbassano come in colpa, e non può far niente per i suoi figlioli. Ella ci bacia il capo, e ci chiede scusa in silenzio.

Un giorno metteva ad asciugare alcuni panni alla stufa e piangeva. Io le chiesi: – Mamma cos'hai? – Le chiesi ancora – essa piangeva e negava, cercava di trattenere lo spasimo, ed era stanca: – che hai mamma? perchè piangi? – Vedi, figliolo, non è niente, gli affari di babbo vanno male.

E un giorno babbo tornò da un viaggio, che era stato anch'esso inutile, e non c'era da far più nulla. Noi eravamo seduti intorno alla tavola e cenavamo. Egli entrò, ci salutò, e si sedette al suo posto. Noi tacevamo. Egli prese la forchetta e ingollò i bocconi. Ci disse: – Mangiate dunque! – La sua voce era senza tremito.

Mai ho visto piangere babbo. Gli occhi gli si incassano nelle tempie, la sua fronte si fa gonfia, ed egli sta fermo con la testa dritta in su. Egli è un uomo, non si lamenta e s'irrigidisce. Babbo m'ha insegnato a tacere e a disprezzare il dolore.

E così passarono i mesi e gli anni. E io cominciai ad amare la mia famiglia, e ero consolato ch'essa credesse in me. E mamma una sera mi disse, poggiandosi sul mio petto: – Figliolo, sono stanca, vai avanti tu.

Io amo i miei fratelli e i miei genitori perchè la nostra vita è stata dolorosa e confidente. Io vado avanti con essi e non cedo. Noi vogliamo anche noi il nostro posto. Ci hanno fatto molto male. Alcuni sono stati buoni con noi, ma non ci hanno capiti. Noi vogliamo esser noi, con i nostri difetti e le nostre virtù, liberi di respirar l'aria che ci spetta. Io sono contento di aver avuto una famiglia povera. Sono cresciuto con un dovere e uno scopo. Essi mi vogliono bene, e il mio nome è il loro.

L'orologio batte egualmente il suo tempo e la camera è stretta e scura. Che sarà di noi se mamma non guarisce? La sua fronte è sudata, e il suo pallido viso è pieno d'amarezza.

Voglio oscura la camera. Non filtri il sole dagli scuretti. Io sono sdraiato bocconi sul letto, immobile, e non penso.

Non soffro. Nell'oscurità dilaga una noia infinita, e io sto dimentico, intravedendo con disgusto gli scaffali dei libri sulla parete di faccia.

Ho letto, ho guardato dalla finestra, ho fumato: inutile ritentare. Non ho voglia di niente, e la camera è fredda.

Sento stridere bimbi in strada, e ombre di carrozze sfumano rapide sulla parete. Presto sarà notte, e si spegnerà finalmente anche questo raggio denso di sole che illumina il mazzo di fiori dipinto lassù.

Intanto gli uomini tornano dal lavoro e si salutano l'un l'altro. E la terra cammina nella sua via fissa.

Ho girato tutta la città in questa notte di martedì grasso, annoiato e disgustato senza causa. Forse ricordavo l'altr'anno, con lei, in caffè. L'ho cercata per tutti i caffè, temendo di esser visto. Pensavo che le avrei rovinato maggiormente la serata. Povera putela.

Su per l'Acquedotto ho incontrato un condiscepolo, Nando Baul, che m'ha fatto entrare alle «Gatte». Era la prima volta che entravo in un caffè concerto. Guardavo la carne floscia e la gente che guardava. Il direttore d'orchestra aveva un naso terribile, e le canzonettiste ci facevano le spiritosaggini. Nando si divertiva, ma con ostentazione di esperienza. Nando aveva gli occhi lustri. Mi disse che qualche volta xe più bel. Credo. Saluti.

Feci un giro per Città vecia sperando di trovare per le strade una sporca baldoria. Io sono ancora casto, ma come la vergine che guai a essere nei suoi sogni – dice all'incirca Nietzsche. Sono rimasto puro fisicamente per paura di malattie. Forse anche no. Del resto non importa. Mi sono fatto spiegare dai libri e dai compagni esperti, e ora sono qui nervoso ad annusare. Avrei gusto di vedere qualche scena: ma non c'è niente. Odor di piscio. Non ho coraggio di tener su la testa e guardare agli sburti.

Qua abbasso c'è le solite otto, nove che passeggiano con il loro andare di oche culone, incappottate sulla camiciaveste. Fin qui arriva il belletto rosso, qui comincia il viola del freddo, a zone. Come passo mi toccano il braccio: – 'Ndemo su mulo? – Divento rosso, passo via senza rispondere. Mi fanno schifo.

Schifo terribile. Questa è la ragione. Specialmente i capelli e le mani. Sento un untume muschiato che non posso sopportare. Se no, non mi parrebbe niente. Capisco benissimo senza romanticherie. Io dò tanto; tu dai tanto. È pulito. Porca è la società che per pulizia ha chiamato ciò.... amore. (I puntini non sono miei: ma della società. Io non adopero puntini).

Dal caffè dove bevvi petess la sera della calata, sbocca una comitiva di ominacci con barba, vestiti da donna; donne spanciate e altro negrume, urlando, saltando con fanaletti e bastoni. Mi tiro da parte. Sono contento di avere a casa un letto bianco, pulito, senza cimici.

Ma una donna, una femmina, per me, per avvoltolarsi insieme nel letto, per farla urlare di strette e morsi! Questo letto è troppo grande. Troppo soffice. È meglio dormire con una coperta per terra.

Andai a vedere al Credit se mi prendevano impiegato. Appena montai la larga scalinata, piena di stucchi e d'indicibili lampadari, il silenzio del lavoro mi fece poggiare i piedi zitto, come se disturbassi, alla fonte, la pulsazione di un mondo misterioso.

Mi dissero ch'era impossibile perchè avevo fatto il ginnasio e non l'accademia di commercio, e poi non sapevo bene il tedesco.

Appena uscito, vedendo il bel verde chiaro degli orti sotto il Castello, mi tornarono a niente le fantasie puerili salgariane. Belle cavalcate d'avventurieri ch'incontro ad ogni svoltata della mia vita, e mi danno il buon saluto augurale inebbriandomi gli occhi con il luccichio delle carabine strofinate e pronte. Strofinate sul tavolo, la candela un poco più in là: e il respiro della mamma dormente è tanto lungo che la mano strofinante con foga, su e giù, si rallenta, e s'accorda al respiro lungo, mentre l'anima comincia a pensare alle difficoltà, e si riempie di dubbio, come di acqua i fori della tenda appena tolta, cominciando la piova. Rividi la brunastra tenda nel primo lume dell'alba, sgocciante di rugiada, e mi curvai a uscirne dallo stretto pertugio, guardandomi intorno cauto, spiando gli scricchiolii dell'erba che si rialzava.

Uno scalone tirato da due cavalloni, carico di stanghe di ferro, correva a precipizio insordando la città. Il cocchiere, piantato con le gambe aperte sui due lunghi tronchi scorzati del margine, frustava e incitava i cavalli. Davanti a quel carro d'inferno tutti i sogni sparvero. Ero in Corso, fra gente impellicciata e automobili.

Me n'andai a casa stranito.

Pensavo: picchiar porta per porta. Otterrò d'esser mandato in una grande casa di commercio dell'Indie, a Rangoon, come Ucio. Un cinese schiavo moverà nella mia stanza un'enorme ventola rossastra, perchè le zanzare malariche non si fermino sulla mia pelle. Non scriverò altro che, in inglese: – In possesso vostra stimata del –. Imbroglierò astutamente, come i commercianti non sanno fare ancora. In tasca la rivoltella.

Risi: perchè in India? perchè la rivoltella, lucida come le carabine degli avventurieri? Bimbo, sei letterato. E rimarrai letterato per quanto mare frammetta tra la tua ultima e la nuova pedata. Anche se a Rangoon, anche se nell'isola di Robinson, la ventola ti sembrerà, che so io: l'azione contro le idee: insomma una di quelle tue immagini strampalate che mettono in sussulto e in compassione la gente. E scriverai nella tua lettera d'affari cosa che il copialettere non potrà copiare senza che la sezione controllo ti dia del matto.

Uscii deluso. Toccai le foglie degli alberi umidi di piova, sforzandomi a non paragonarle con niente. Un'impressione tattile di bagnato e di freddo, e basta. Avrei voluto mi fossero disaggradevoli. Camminai lungamente, evitando di pensare. Poi decisi: Parto.

Andai alla stazione a pigliare il biglietto di terza classe. – Per dove? – mi chiese il bigliettinaio. Lo guardai. Io pensavo di viaggiare senza destinazione; viaggiare perchè speravo in un disastro ferroviario che avesse schiantato due macchine e più vagoni, e io mi salvo aggrappandomi fortemente fra i due valigiai, così che l'urto non mi tocca. Poi esco rompendo il vetro dal vagone rovesciato, striscio a carponi; non salvo nessuno ma corro alla prossima stazione per avvertire, con calma, dell'accaduto. – Ha la mano insanguinata – mi dice premuroso il capostazione. Io la guardo, estraggo il fazzoletto e la fascio. Poi, per favore, domando al capostazione di permettermi inviare un dispaccio al mio giornale.

– Per dove? – si spazientì il bigliettinaio.

Per Milano. – E pensai: mi presento al Corriere della Sera.

Il treno andava a Vienna, e il bigliettinaio dicendomelo sorrise. Tornai a casa deciso di farmi giornalista.

Il Piccolo mi accettò a cento corone il mese: orario da mezzogiorno alle sedici, e dalle venti alle tre.

La prima volta che andai a intervistare un'attrice – non ricordo più se era la Bellincioni o la Tina di Lorenzo – pensavo mettendo il pollice nel taglio ascellare del gilè bianco: Rappresentazione d'una novità che non conosco; intervista antr'act; caffè neri; accendo un sigaro; in redazione: è il tocco. Ordino in pacchetto regolare le lunghe cartelle verdognole, le numero: devo scrivere due articoli: la recensione della novità e l'intervista: in un'ora e mezza. (L'intervista potevo scriverla la mattina dopo; ma mi piaceva aumentare il lavoro febbrile). Bene. Che dirò a lei? È bella. E il Piccolo è il giornale più diffuso di Trieste: io, in questo momento, ne sono il critico teatrale.

Una folata d'immagini come al ritorno delle rondini: ero accanto a un bosco autunnale, e soffiava la bora, e le foglie d'oro e di porpora turbinavano intorno a me? Nella mia anima, certo, fu un subbuglio, un accorrere, un saltellio guizzante, come in una vasca di parco quando un bimbo butta una mica di pane. Ma il rosso belletto delle labbra e la polvere d'oro dei capelli di lei mi parodiò; e io ne fui spaventato come guardandomi in uno specchio convesso. Scrissi molto male della commedia che m'era piaciuta, per vendetta, perchè anch'io avevo bisogno di violare la realtà altrui. Ma il direttore si fece portare le cartelle prima che andassero in tipografia, mi chiamò, mi rimproverò aspramente e stracciò l'articolo.

Uscendo di redazione, la prima alba mi faceva male sugli occhi stanchi.

Una notte, dopo qualche anno, una notte di lavoro terribile perchè era morto il papa, io fissavo la lampada a gas sul mio tavolo. Sentivo andare, borbottare, scartabellare, rombare intorno a me, sempre più lontano, lontanissimo, e pensavo, chissà perchè, a Caino e Abele. Dicevo a Dio ch'egli era molto ingiusto con Caino: perchè non accetti il suo fumo? i rami carichi di frutti e le biade non valgono l'agnello di Abele? Che male ti ha fatto egli, prima di uccidere Abele? perchè? La bibbia non dice niente. Pensai che questo poteva essere il pensiero centrale d'una tragedia, e mi misi a ridere malignamente. Io avevo già ucciso Abele.

Abele aveva teso le corde fra i corni del bufalo fucilato da me, e cantava. Io l'uccisi. Ma ora le foglie che mi toccavano erano dure e aspre di veleno come pennini. Desiderai ardentemente: – Abele Abele, se tu fossi ancora melodioso in me, in quest'ora di suprema stanchezza! Io ho voglia di veder le stelle in cielo e cantare un grande canto.

Ma mi ghignai.

L'anima mi s'era ormai coagulata per il gocciare della vita inacidita, rabbiosa, negatrice, e mi corrose in rughe la faccia, incassandosi una tana nelle occhiaie.

Non vedevo più le cose, e diedi di cozzo senza sapere in spigoli acuti onde gli altri mi credettero un eroe. Io andavo per la strada già scavata, disgustoso a me stesso, desiderando che qualcuno mi bastonasse a morte.

Una volta anche mi proposi d'uccidermi, ma davanti allo specchio non potei ammazzare l'essere maligno e ironico che mi guardava. La donna che m'amava non torse il viso, ma si avvinghiò nervosamente al collo e tentò con tutta la sua anima di darmi un bacio; ma le sue labbra non aderirono sulle mie.

Ora sono quieto e viaggio negli espressi.

No, no, la mia vita non fu così, ma lo stesso io mi trovo inquieto e spostato. Io ho trovato compagni e amicizia, e ho lavorato con essi, ma io sono meno intelligente di loro. Io non so dir niente che li persuada. Essi invece sanno discutere e dimostrare che bisogna esser convinti di questa o quella cosa. Io sono impersuaso e contraddittorio. Bisogna star zitti e prepararsi.

Ma perchè essi qualche volta s'accasciano disperando di tutto? Chi vuol riformare gli altri non ha diritto d'esser debole. Bisogna andar avanti e dritti. Bisogna accogliere con amore la vita anche quand'essa è pesante. Bisogna obbedire al proprio dovere. Essi sono più intelligenti e più colti e più stanchi.

Forse io sono d'una città giovane e il mio passato sono i ginepri del carso. Io non sono triste; a volte mi annoio: e allora mi butto a dormire come una bestia in bisogno di letargo. Io non sono un grübler. Ho fede in me e nella legge. Io amo la vita.

Ma i discorsi d'arte e di letteratura m'annoiano. Io sono un po' estraneo al loro mondo, e me n'addoloro ma non so vincermi. Amo di più parlare con la gente solita e interessarmi dei loro interessi. Può essere che tutta la mia vita sarà una ricerca vana d'umanità, ma la filosofia e l'arte non m'accontentano nè m'appassionano abbastanza. La vita è più ampia e più ricca. Ho voglia di conoscere altre terre e altri uomini. Perchè io non sono affatto superiore agli altri, e la letteratura è un tristo e secco mestiere.

Dunque facciamo l'articolo. Da molto tempo sto zitto: è tempo di risbucare. Lapis rosso: 1, 2, 3, 4, 5....; le cartelle sono numerate e pronte. Accendiamo la sigaretta. Inchiniamoci sul tavolino per venerare il pensiero che gorgoglia, commisto all'inchiostro, giù dalla penna.

Lo sviluppo d'un'anima a Trieste. Comincio a scrivere; lacero; di nuovo, e altro strappo. Sigarette. La stanza s'empie di fumo, e i pensieri si serrano come corolle al vespro. Inutile illudersi: non ho da dire niente. Sono vuoto come una canna.

– Cosa fai qui, davanti a questo tavolino, in questa sporca camera d'affitto? Anche se tuffi il muso nella frasca verde della boccia con cui i tuoi occhi, stanchi del grigiume stampato sulle pareti, cercano di sognare, tu, qui, non respiri. Ora, qui anche Shakespeare è una pila di libri che ti ruba un brano d'orizzonte. Dirimpetto, l'Incontro s'inrossa per l'aurora, e se t'affacci alla finestra e guardi a sinistra, Fiesole è chiara come un cristallo ambrato. Sul Secchieta c'è la neve. Andiamo sul Secchieta.

Fasce ai piedi; doppia maglia al petto; un boccone di cioccolata in tasca: e mentre pesto forte il lastricato della città perchè dai piedi il sangue mi scorra più caldo alla testa, penso: – Che ha da fare con la vita dello spirito cotesta improvvisa scampagnata? C'era un ostacolo in te, un poco più alto del Secchieta: e tu invece di pigliarlo di petto e darci dentro col cranio, gli giri attorno credendo di andare così verso il sole che illuminerà a tuo uso e consumo tutte le cose. Sei già stanco? e ieri ancora sbalzavi oltre i vigneti e giù dai muriccioli scontorti e assodati dall'edera che t'intralciava i piedi, e pumpf! col muso per terra, cervo vinto che i tuoi coetanei cacciatori sbraitando l'alalà di vittoria legavan con venchi per le zampe e trascinavano a casa – il viso rosso dalla scalmana e dal trionfo. Buttavi giù litri d'acqua, immersa bocca e naso e occhi nella secchia del pozzo, sbuffando e ingorgogliandoti, senza tregua: sicchè l'alenare delle narici scavava due fondi buchi nell'acqua. Stanco?

Qui nel treno che mi porta a Sant'Ellero c'è contadini che appena montati dormicchiano rovesciando la testa sullo schienale di legno. Io cammino su e giù per la corsia centrale del vagone. Stanco? Non so più niente, ora. Non sono più in città. Non ho più obbligo di dimostrarmi perchè faccio questa e quella cosa. Sono una bestia irrazionale. Scampagnata, gita, fuga, pazzia, leggerezza, sciocchezza: non so; so che vado sul Secchieta dove c'è la neve. Scendo dal treno, e respiro.

Su per gl'intrigati viottoli de' carbonai, che qui là si allargano in uno spiazzo nero. Dove vado? La collina nasconde Vallombrosa. Bene, se non mi sperdo; se mi sperdo, meglio. Tocco vecchi castagnoni senza midollo nè carne; l'elleboro nero è fiorito. Forse i miei occhi troveranno tra le foglie brune e il musco la prima primola, accanto alla macchia di neve.

Allenta il passo: l'animo si può ingrassare rapinando la natura. Tutto è fiorito d'immagini intorno a te. Stendi la mano!: non i getti del rovo tu tocchi, nè il cespuglio tenace delle ginestre, nè i sassi della terra: accarezzi e ti pungi del tuo spirito che è svolato via da te a crearti il tuo mondo. S'è abbattuto contro l'oscuro amorfo, e ha piantato di colpo le sue radici entro di lui; onde il vento lo agita, rami invernali gonfi come pugno che più s'ingrossa come più si sforza in sè stesso; e i tuoi scarponi marchiano il terreno umido di linfa succhiata su in mille forme dal sole; e il tuo sguardo si spande fraternamente nel cerchio divino dei colli verdineri, sotto il cielo limpido e lieve che par s'elevi – luce – più in su dell'aria. Cammina amorosamente nel tuo regno meraviglioso.

Le case di Saltino. La prima neve nei fossi lungo il binario dentato. Dentro, gambe mie!: è dura e crocchia come ossi fra i molari d'un cane. C'è degli alberi carichi di gemme incuffiate di peluria argentea, come strani fiori. Da una stalla aperta mugghia il muso d'una vacca, e si lecca dentro le larghe froge. R. R. Telefoni: 50 centesimi e sono a Firenze. Eppure cammino urlando sulla neve, e non c'è nessuno che si fermi a guardare il pazzo. Tutt'è bello. Capisco la riforma della scuola media e il cipresso stronco sotto il peso della neve, che giace infisso nella neve attraverso la strada e m'obbliga a un salto allegro, fermati sul petto i lembi della mantella. Ed è buono il salame, il burro, il tè, il pane casalingo d'una settimana dell'osteria di Vallombrosa.

Qui è impossibile sian mai venute dame strascicanti lunghe gonnelle per campi ben pettinati e rasati, nè ministri hanno mai giocato tennis in solino: molti alberghi attendono di spalancarsi: ma io non credo. Però potrei pigliare a sassi quelle due aquile insaccate in stracci gialli, appollaiate col pernio sui pilastri d'un portone.

Ma su, che al Secchieta c'è neve assolutamente intatta. Nessuna traccia sul dorso del monte: dove sono i giovani italiani? Aspettano che si bandiscano domenicate invernali con schi e pattini e signorine. Scrivo con il chiodo dell'alpenstoc le lettere Voce nella neve. Propongo che la festa vociana sia un'annua salita al Secchieta, di febbraio. Lupercalia. Ah, ah, in questo momento qualcuno esce dalla redazione d'un cotidiano e va a dormire! Venite a bever l'alba sui monti!

E basta: il disotto sparisce. Non c'è che una cosa, alta, non vista, che bisogna raggiungere. Nessun'immagine. I rami sono rami irrigiditi che scattano sul viso se ti sfuggono di mano. Picchia il tacco nella neve per farti il tuo scalino, e un altro più in su. Ficca l'alpenstoc. Anche se affondandosi tutto, t'avverte che la neve è alta come te, non camminare a serpentina; pianta dritte le pedate.

Niente mi giunge dentro di consentaneo, attorno a cui s'affollino l'idee e lo poppino e lo assimilino restituendolo mio, frutto dell'anima più profonda. Tutto è sensazione di ostacolo che bisogna vincere: io e il monte siamo; altro no. E non devo esser che io, in vetta.

Ti volti a contemplare? Sei già stanco che ti metti a fare il poeta, caro amico mio? Se i polpacci ti scoppiano e la schiena ti si ripiega insieme e per ogni centimetro di conquista stronchi col viso, col petto un ramo; e un altro ramo, e rami chissà fino a dove ti aspettano, duri, ghiacci, ipocritamente velati di neviscolo come una fiorita di mandorli, e i ghiaccioli ti si frantumano nel collo, negli occhi abbacinati dall'eterno luccicor del bianco; e il berretto che ti sguizza giù ti costringe a ricalare, e l'alpenstoc ti s'incunea tra ramo e tronco, cosicchè tutte le cose indispensabili tentano d'impedirti ciò che devi – agguanta coi denti la lingua che vorrebbe imprecare, e cammina. E se la neve intenerita dal sole cala sotto il tuo piede, in modo che tu potresti adagiarti dolcemente su essa, e riposare, non cedere alla soffice bontà, non poggiar lieve gli scarponi: batti, affondati, tirati fuori e avanti lassù. E lassù – non sai dove, perchè forse tu non cammini verso la cima reale, delle carte geografiche – e il tuo lassù è grave di nebbia, forse; onde tu raggiuntolo a cuore spasimante non vedrai gli Appennini imbrunirsi come giovane carne sotto il sole, nè la neve immensa, che tu hai vinto, accendere i colori, nè lontano, in basso, Firenze. Ma tu, amico mio, ti sei levato da tavolino per salire sul Secchieta; e s'anche tutte le opinioni della strada, che ti si sono infiltrate nell'orecchio dalla finestra, col frastuono dei barocci scampannellanti e le canzoni sporche di vino indigerito; s'anche tutta la vita degli altri è presente in te pur ora e tenta, come una ventata polverosa, di storcerti il collo verso quello che hai già superato a rimirarlo, e accosciarti, tra l'alto e il basso, sulle tue gambe stanche; anche se in eterno tutta la città e la sua stanchezza è in te e non la puoi sfuggire – non importa tu vai in su: questo solo è vero; tu devi: questo solo è bello.

Un dirupo nevoso che non mi permetto di superare a zigzag: l'attacco due tre volte con l'unghie. E –

Sul Secchieta c'è una bassa cappella con una madonnina dipinta. Ho acceso un fiammifero per timore che vi fosse dentro il lupo. Sono sgusciato strisciando per il pertugio ostruito dalla neve e son ruzzolato sotto la madonnina.

Penetro con le dita spalancate nell'acqua del mare, come tra i capelli morbidi e resistenti d'una donna; e m'arrovescio sulla superficie a riposarmi. Le piccole onde sbattono mormorando al mio orecchio, come il cuore della donna all'amante che riposa su di lei.

Allargo lo sguardo: e il mare s'increspa sotto il sole. La sua anima è quieta e serena, ed egli si stende sulla spiaggia soffice e si culla cantandosi piccole parole; e cerca con dita di bimbo le conchigline e i granchietti fra la ghiaiola della riva.

Mi riposo sul mare. Passano sul cielo bianche nuvole e migrano. Se sollevo un poco la testa vedo tremare gli ulivi di Muggia: nient'altro. Il riposo è grande e infinito.

Una barca apre lenta la vela, si sbanda leggermente, e esita. Poi va, raccogliendosi il poco vento. Io sono qui, portato dallo smuoversi lento dell'onde increspate.

E il mare mi porta lontano dove io non veda altro che mare e cielo, e tutto sia zitto e pace. Apro la bocca e fra i denti mi scorre l'acqua salsa, e il corpo si lascia calare lentamente nel mare.

Son qua per terra come un cane in agonia e i nervi mi si inturgidano per il bisogno d'amare, e stiro la testa come se un capestro mi si avvincolasse sempre più stretto intorno al collo. Poi balzo in piedi e guardo nella notte. Dove sei creatura bella che un giorno mi devi amare? Guardi nella notte? Sotto le stelle l'aria ha uno scintillio come di specchio e noi ci vediamo.

Creatura fresca, dentro all'anima tutto è speranza di vita come in un bosco sotto la calura. La piccola erba carezza il ceppo rugoso, tremando nell'aspettativa. La terra mormora, l'acqua è vicina. Ecco l'acqua, la fresc'acqua. E tu sei qui fra le mie braccia, creatura.

Io ti posso baciare perchè mi sono conservato puro. Ho sofferto e pianto per te. Ora è agosto, e i rami rigurgitano di succo e si drizzano smaniosi. Io voglio abbrancarti furioso e sentire questa tua carne intatta torcersi sotto le mie dita, qua sulla terra calda come il mio sangue, perchè tu devi esser mia.

O creatura bella, io non so che colore abbiano i tuoi occhi, ma sono azzurri perchè la grande aria su di noi è azzurra. Non so dove tu sia, ma guardi dall'alto e rasserени come il sole. In tutte le cose tu sei perchè tutto io amo nella campanula bianca del prato e nel fiume che ti rispecchia e va per l'ampia pianura portandoti nel suo cuore.

O creatura nuova, non so chi tu sei, ma ti sento dentro di me come se nell'anima un seme mi radicasse. E sono un bimbo che va su per un monte verde, saltando e cogliendo fiori, e d'un tratto gli s'apre davanti la valle con i suoi villaggi e la città lontano, piena di luce nebulosa.

Tu sorridi di certo, perchè le stelle scintillano tanto questa notte. Sento il tuo sorriso sul mio volto come un soffio di vento in un ciuffo d'erba. Ah cara! tutti i miei pensieri vanno verso di te come l'api intorno a un fiore dolce. E vanno e vanno a turbinare intorno a te, creatura mia.

Tutte le cose son vere; ma alcune accadono ora, altre accadranno nel futuro. E s'io ti racconto in questa triste notte invernale d'una fata che viene portando odoranti fiori in grembo, tu mi devi credere, o povera anima mia.

Ho voglia di cose lievi,

dove mi conduce un volo

di rondine, l'orecchio

sfiorandomi. Il sole è tiepido

come guancia adolescente.

Camminando leggermente

vado verso a bianchi meli.

Lunghesso la strada

un ramo d'olivo

il volto mi tocca.

Cose fresche! Rose

gonfie di rugiada;

erba su d'un rivo.

Ah se potessi

baciar la tua bocca!

Il notturno sogno dei fiori si disperde come la rugiada della prima alba lo tocca. Eppure volentieri io sentirei le tue labbra sui miei occhi quando la mattina penso così dolcemente.

Andiamo per i prati senza sentieri, perchè oggi un tiepido sole ci carezza le palpebre. Camminiamo lungamente, godendoci il sole invernale e le piccole viole fra le foglie dell'edera sparsa sul suolo.

È un giorno che l'anima è portata in alto dal proprio fiato. Se respiriamo, lasciamo bianca, vaporosa traccia di noi nell'aria.

Andiamo ancora avanti un poco, dove il sole scalda il tronco del bianco platano, e poggiamoci la fronte leggera. Sotto ai piedi fruscia l'erba nuova, mentre andiamo tenendoci stretti per mano e guardando tra le ciglia.

Ho ritrovato il mio carso, in un periodo della mia vita in cui avevo bisogno d'andar lontano. Camminavo spesso, lento, alle rive per veder la gente che partiva. Studiavo l'orario dei piroscafi lloydiani, e se avessi avuto qualche centinaio di corone sarei andato in Dalmazia, a Cattaro, poi mi sarei arrampicato su fino a Cettigne, poi chissà? nell'interno della Croazia dove c'è boschi immensi e bisogna cavalcare lunghe ore per arrivare a una casipola di legno bigio. Il pater familias è ancora l'antico ospite. Di notte, quand'uno non può dormire, sente un canto triste che lo culla. Forse piuttosto sarei andato nell'Oriente.

Guardavo i bragozzi ciosoti che con una gran spinta si staccavano, gonfi e carichi, dalla riva. Il padron della barca si levava la camicia per non infradiciarla di sudore, s'arrampicava sull'albero, e agganciandosi con la gamba sulla scala a corda sbrogliava la vela, giallastra a macchie mattone. Tutta la notte avrebbero corso l'Adriatico col borino, e poi un altro giorno, e un altro sotto il sole. Specialmente mi desideravo la piena calma marina, se il vento fosse cessato improvvisamente.

Avevo bisogno di star solo. Andavo per le strade poco frequentate, nell'ombra degli alti casamenti rettangolari, e mi guardavo intorno spiando di lontano il viso dei passanti. Temevo d'esser conosciuto, d'esser salutato, di dover salutare. Un amico mi mandò una cartolina: perchè non gli scrivevo? Poichè non vuoi, non vengo. Ma non è bello che tu sia così scontroso ed egoistico nel tuo dolore. Proprio ora l'amicizia ti farebbe bene. – Tutte buone care persone: ma io ero in cerca di lontananza.

Stavo solo, nella mia stanzetta, e ogni sera sentivo battere lente le nove, poi le nove e mezzo, poi le dieci, poi le dieci e mezzo.... Il tempo camminava come si va nei pomeriggi domenicali, portandosi addosso la noia di tutti gli uomini. E ogni notte sentivo passare una carrozza nella via, poi la voce di tutti i nottambuli che gridavano alla moglie o alla mamma per la chiave.

Ecco – pensavo – ora mi metto a leggere, piglio appunti, studio. Ma calavo la testa sulle braccia raggomitolate – e non potevo piangere.

Non potevo dormire. Ero sotto l'incubo d'un'afa grave. E uno usciva di casa nella notte e camminava con passi stanchi. Sognavo di una lunga notte di bora, che i pochi viandanti camminano curvi contro di essa, senza pensare. Mi sognavo sopratutto di cedri infissi nel fondo del mare, che a poco a poco impietrivano. Avevo bisogno di sassi e di sterilità. E mi ricordai del carso, e dentro ebbi un piccolo grido di gioia come chi ha ritrovato la patria.

Quante storie mi raccontai quella notte! M'ero sdraiato sul materasso poggiando la testa sul braccio destro, e ero un bimbo che aspettava con occhi aperti un po' di lume alla fessura della porta e la mamma entrasse: – Non dormi? È tardi. Dormi, dormi. Ti racconto una storia.

Avevo pietà e tenerezza per me stesso. E mi raccontavo a voce alta una storia del carso: – Molti anni prima di noi una donna del carso con capelli biondi, aveva partorito un piccolo che tremava anche sotto la pelle d'orso. Allora lei poichè il suo fiato non bastava, accese il fuoco per la prima volta. Il piccolo crebbe e non andava a caccia. Mangiava carne cotta e le notti d'inverno quando si svegliava d'improvviso e non vedeva la fiamma, l'oscurità e il freddo entravano in lui, ed egli pensava strane cose, rabbrividendo. Dalla volta della grotta stillavano gocce, più lente del battere del suo sangue, e come cadevano sullo strame del giaciglio egli sentiva camminare fuori della grotta. Ma molto lontano; chissà dove, chi era?

Pascolava le capre; si ficcava dentro un cespuglio e guardava il cielo tra le frasche. Un cervo passava annusando, un uccello fischiettava, e quei suoni entravano in lui e si intricavano. Poi dormiva un poco. Poi tornava al calar del sole, e raccontava con parole chiare come le foglie dopo la piova. La sua famiglia l'ascoltava.

Un giorno mentr'egli raccontava vennero uomini, il torso come macigno spaccato dal ghiaccio; ammazzarono la famiglia, rubarono il fuoco, e condussero lui in servitù.

Anche altre storie mi raccontai. Ma poi fui stanco, e non potevo dormire. La mia testa erano tanti pensieri rotti che nascevano e svolavano via da tutte le parti, portandomi in mille posti contemporaneamente. Sudavo. Allora m'alzai, mi vestii in furia, intascai il mio coltello a serramanico, e andai. In via Chiadino c'era ancora una coppia d'amanti, e la donna giocava, con le dita del compagno che la teneva avvincolata a sè. Io pensai: Quella donna gli può benissimo morire proprio questa notte. – I cani abbaiavano. Appena su, verso Kluch, dopo la stanga giallonera della. dogana, io fui solo, e respirai. Camminavo senza pensare.

Anche questa, mattina s'è alzato il sole. E come al solito i muratori camminavano nella strada silenziosa, con i loro grossi tacchi. Ho visto una donna dirimpetto alla mia finestra spalancare le imposte e chiamare il figliolo ch'era ora di scuola.

Dentro di noi s'accumulano molte nausee e schifi, e un giorno escono e ci appestano l'aria che respiriamo. Secca assai vestirsi, mangiare, alzarsi dalla sedia, ed è inutile; ma è meglio non turbare le abitudini e mettere un piede davanti all'altro, perchè ci hanno insegnato a camminare. Soltanto, non porre ostacoli alla noia, perchè allora il pensiero s'agita e fa patire; ma se no, la vita procede calma, senza scosse nè sussurri.

Silenzio e pace. Si cammina per le strade senza far rumore. Non bisogna svegliare. La gente dorme, male, bene, ma dorme. Nessuno ha diritto di svegliare il sonno di nessuno. Passa qualche nottambulo, e una guardia di pubblica sicurezza piantona a passi larghi. Vicino ai fanali senti il fruscio del gas ch'esce dal beccuccio. Un tratto di luce; la tua ombra cammina davanti a te, poi si smarrisce un poco; una seconda ti segue; si fa piccola, s'avvicina, eguale a te. Ti puoi fermare, sdraiarti su lei, nel lastricato della città, e dormire anche tu. Ma puoi anche andare avanti, svoltare a sinistra o a destra, è indifferente. Ora sei in mezzo a una puzza di petrolio bruciato; poi quando questa zona finisce comincia la ventata calda di grasso dalla cucina d'un albergo. Tu puoi camminare fino all'alba per la città zitta, mentre la polvere cala lenta per terra.

Piove. È una giornata lunga. Il campanello suona: entra Guido, lascia cader l'ombrello nel portombrelli, va in camera sua, butta giù i libri, va a mangiare. Mamma passa piano vicino la mia porta perchè spera io riposi.

Il giorno s'allunga eguale e infinito.

Un carro traballa lento per la strada. Odo picchiare su ferro. I colombi tubano sul cornicione della casa. Non so che sarà della mia vita.

Due uomini passano vicino e si salutano levandosi il cappello. Uno ha un viso triangolare, tutt'ossi, con occhi stanchi e erranti; l'altro cammina a piccoli passi svelti, tutto contento. È contento d'aver appetito. È contento della sua casa, della giovane sposa che lo aspetta alla finestra. Ha il Piccolo ripiegato in tasca e porta un cartoccio di ciliege per il pranzo.

– Perchè si sono salutati? Che rapporto vi può essere tra questi due uomini? Tutta la vita è intrecciata così ridicolamente. Nessuno può capire l'altro, ma s'infinge d'amarlo e d'odiarlo. Perchè? L'altro fa un atto e allora si dice che ha fatto bene, che ha fatto male. In nome di che cosa?

Io passo e lascio passare, e guardo questa ignota vita come un forestiero. Io sono qui perchè in questo momento cammino per questa strada e vedo un orologiaio curvo su un panchetto svitare una molla con una piccola punta di acciaio. Tien stretto nell'incavo dell'occhio una lente a tubo, naturalmente, senza increspare un muscolo per lo sforzo. Nella bottega mille pendoli dondano ritmicamente e mille lancette segnano l'ora identica e gl'identici minuti. Tornan da scuola le bimbe del Liceo, a frotte, tutte vestite di turchino, e cianciano occhieggiando di straforo i giovanotti che fanno l'aspetta.

Un ragazzotto spruzza d'acqua il selciato davanti a un negozio, poi entra, esce con una scopa e butta la polvere in mezzo alla strada. Un fiaccheraio dorme rannicchiato nella carrozza, sui cuscini rovesciati, e il cavallo, con il muso insaccato, mastica la biada. I colombi di Piazza Grande ogni tanto si levano a tormo e volteggiano in grandi cerchi, poi ricalano e zampettano fra le fossette d'acqua. Il soldato bosniaco davanti al palazzo della luogotenenza marcia a passi duri, si volta in tre tempi, torna in su.

Dove sono? L'aria calda mi fa socchiudere gli occhi, e cammino trasognato. Cammino lentamente e guardo come un forestiero stanco di viaggio, e che tuttavia debba vedere perchè qualcuno lo attende pieno di affetto e interesse. Ma nessuno m'aspetta e nessuno si sederà accanto a me tornato chiedendomi con occhi amorosi: – E dunque? come fu il viaggio?

Io sono solo e stanco. Posso tornare e restare. Posso fermarmi qui in mezzo alla piazza finchè il sole mi faccia vacillare e cader per terra; e posso andare fra il frastuono dei carri come nel silenzio della notte, perchè in nessun luogo c'è riposo per questa mia grande stanchezza.

E i carbonai che dalla maona carrucolano le ceste di carbone sul Baron Gautsch mi guardano con quei loro occhi infossati e sanguinosi meravigliandosi del mio interessamento.

Uno tosse, sputa, l'aria gli riporta sul torso seminudo, impastato di carbone e sudore, i lunghi filamenti di mucco e forse egli pensa stizzosamente che io ho compassione di lui.

No, no: io sono indifferente. Soltanto non capisco. Vedo che si lavora intorno a me. Un bastimento greco imbarca grosse travi; due pescatori issano la grande vela scura, sgocciolante; un gelataio grida la sua merce; uno con occhiali neri nota su un libruccio il numero sacchi cemento; un servo di piazza si fa avanti con il carretto rosso; s'accosta, spumando, il vapore di Grado; un manzo tira un vagone carico di balle di cartone. Sul vagone è scritto: Troppau. TriestRozzolAssling. Ora un treno sbuffa su per il colle d'Opcina; un altro arriva a Pola, un altro rintrona sul ponte del Po. L'aria è piena di strepito. Il movimento s'allarga. La terra lavora. Tutta la terra lavora in una grande frenesia di dolore che vuol dimenticarsi. E fabbrica case e si rinchiude tra muri per non vedere reciprocamente i propri corpi avvoltolarsi insonni fra le lenzuola, e si tesse vestiti per poter pensare che almeno il corpo dell'altro è sano e regolare, e congegna milioni di orologi perchè l'attimo l'insegua perpetuamente frustandola avanti nello spazio, come una dannata che si precipiti senza tregua per non cadere. Non fermarti mai per un minuto, o laboriosa terra!

Così sentivo; e stavo fermo, come se fossi nel punto morto della terra. Avrei voluto pregare i carbonai di lasciarmi lavorare con loro; ma ridevo malignamente e pensavo: Sì, sì, lavorate. C'è sempre dentro di voi il mistero come un piccolo grumo che non si scioglie. Lo portate con voi in tutte le vostre faccende, ed esso sta quieto e buono per darvi l'unghiata all'improvviso. Mangiate il vostro pane e bevete il vostro vino; crescete e moltiplicatevi; perchè del pane che mangiate e del vino che bevete si nutre il vostro mistero, ed è l'unica verità certa che i vostri figlioli daranno ai loro figlioli. Incallite le vostre mani e il vostro spirito penetri oltre i tessuti più stretti e sia così limpido da farsi specchio a sè stesso. Torturatevi ogni membro del vostro corpo con tutti gli istrumenti di lavoro, e anche, se volete, buttatevi su un letto comodo e affaticate il vostro spirito. Il mistero non lo estenuate. In che parte di voi è rintanato il piccolo mistero? Potete stritolarvi tutti, e il vostro ultimo sguardo non lo vede. Lo potete anche cercare nelle notti stellate e tra i filoni di ferro, sotto, nell'oscurità, fra le radici delle foreste. Anche, se volete, potete ammazzarvi; ma la palla che passa oltre le vostre tempie non lo brucia, e esso vive in voi anche dopo voi, eternamente, il piccolo mistero che ha fatto questa bella distesa di mare e ha fatto noi e ci ha fatto costruire i piroscafi rossoneri.

Ridevo quasi forte. M'accorsi che mi guardavano. Allora ebbi ribrezzo di me. Stetti duro, fermo. Ero tutto infetto. Mi pareva che una mia parola avrebbe impestato il mondo. Guardai il mare largo, puro, e avrei voluto pregare. Ma no: tutto il mio dolore è mio, tutto il mio strazio è per me solo. E mi rinserrai il petto con le mani, e fui un sussulto di dolore attorto contro sè stesso. Mi parve di poter morire perchè il mio segreto bruciava avidamente il mio sangue, rosso, come il sole maledetto che tramontava nel mare.

Perchè non lavori? Ricordati che qualcuno ha sperato in te. Ella aspetta, e non è contenta. Ogni minuto che tu implori è un delitto. Pesta il capo dentro al tavolino, ma lavora benedicendola. È giusto che sia morta, perchè tu sei un vigliacco.

Mi sedetti al tavolino, presi la penna, cominciai a fare scarabocchi sulla carta, e facevo freghi con su scritto il suo nome. Improvvisamente mi spaventai e corsi allo specchio. Guardavo fisso i miei occhi e mi domandavo: – Sono molto lucidi? Ma Vedrani dice che non si può capire dai segni esterni se uno è pazzo. Non sono pazzo. Sta calmo, Scipio. – Guardavo le cose riflesse nello specchio. Le cose riflesse nello specchio – per legge fisica – sono distanti dagli occhi come sono distanti dallo specchio le cose che si riflettono. Cercavo di calcolare se anch'io vedevo così. – Se mi pesto devo sentire dolore. Ma anche i pazzi lo sentono. Come posso avere una prova esterna che io non sono pazzo? – Il tappeto nello specchio faceva un angolo con il tappeto reale. Guardavo per la prima volta, come un bimbo. I lunghi fili rossi, i lunghi fili blu. Corsi in stanza da pranzo; c'era Vanda che lavorava. – Ora parlo. – Ma non potevo. Avevo terrore della mia voce. Giravo su e giù. Se fosse strana, e Vanda mi guardasse spaventata?

– Xe in casa mama? – Ma no, no: avevo domandato con naturalezza e semplicità. Tornai in camera mia. Mi buttai per terra, tenendomi stretta la testa; la chiamai, due volte, tre volte, quattro volte, cinque volte..., e continuai a dire il suo nome lungamente, lungamente, a bassa voce, sempre più piano. Poi mi misi a ninnare: Din, don, campanon – Tre putele xe sul balcon – Una la fila, l'altra la canta, – L'altra la fa putei de pasta – Una la prega Sior Idio – che 'l ghe mandi un bel mario....

Poi non ricordo più. Mi prese il sopore. Mi rialzai dopo pochi minuti e stetti calmo. Non so per dove passai. Ma molte volte ho pregato la pazzia e la morte.

Vorrei farmi legnaiolo della Croazia. Amo le frondose querce e la scure. Andrei al lavoro camminando un po' storto a destra per l'uso del colpo, e il lungo manico della scure ficcata in cintola mi batterebbe la coscia.

Il capo mi dà una manata sulla spalla, ridendo tra denti bruni. Il capo è forte e esperto e noi gli obbediamo con riconoscenza. A noi piace esser comandati. Il capo beve petecchio come acqua, e non traballa mai, ma andando coi suoi passi ben piantati vigila dall'alba alla notte il lavoro – e gira per la foresta come una grossa bestia affamata. Se tu non lavori, subito senti dietro alle spalle uno schianto di rami, una risata di cornacchia infuriata e una pedata in mezzo della schiena.

Ma il capo è buono e mi dice: Uh, Pennadoro! Ho scoperto una pianta per te. È dura di cent'anni. Come va la scure? Alla! alla! stavolta mette il primo dente. Il primo colpo, qua. Sentirai che carne!

La mia scure è bella, col manico lungo di rovere, e un occhio quadrato. Ride freddamente come il ghiaccio. È svogliata e pigra, piena di disprezzo. Ama starsene affondata nell'erba guazzosa e contemplare il cielo. Qualche volta si diverte di giocar con le teste dei cespugli e i getti spumosi del frassino. Allora sorride come una bimba della saliva amarognola che le sgocciola sulle guance. Ma più spesso è triste e tetra.

Ah, ma quando si scalda come dà dentro! Dà dentro come una bestia infoiata. Piomba, piccola e chiara, senza respiro, e han! come un tuono che scoppi, è incassata nella carne dell'albero. Tutta l'aria attorno ne vibra, e i fringuelli rompono la nota. Si disficca a stratte per assaporar bene la ferita, si libra a dritta ala per un istante, immobile, e han! è dentro all'ossa. La quercia sussulta drittamente, senza piegarsi, e accarezza con le frondi basse i quercioletti giovani, attorno, per non impaurirli, come se solo il dolce vento del mare la movesse. La grande quercia è silenziosa come una madre che muore.

Ma la scure canta. La scure s'alza, s'abbassa e canta. Ride rutilante, rossa. È come pazza. Io n'ho paura. Non vedo che questo lampo davanti che fischia e scroscia. Han! han! Non sento più le mani. Il lampo mi sbatte contro l'albero, e mi ribatte via! Han! Piccola mano d'acciaio, distruggiamo la foresta!

Perchè dunque ci estrassero dalla terra? Dormivamo quieti nel tepore umido delle radici. Più fondi ancora eravamo: eravamo il buio cuore duro della terra. Venne giù un'ondata di luce, ci squarciarono, ci portarono al sole.

Ebbene: ora viviamo. Ora vogliamo sole sulla terra. Grande sole di deserto. Sole che spacchi le fronti. Distruggiamo la foresta!

I colpi cantano senza respiro, fra il ronzar dello scheggiume. Ah com'è buono arrivare al cuore della vecchia quercia! Il colpo s'insorda. Via! – Un crollo: rintronan gli echi lontani.

Ora gli squartatori e squadratori hanno lavoro per una settimana.

Sono venuti i bimbi a vederla morta per terra, e ne unghiano la corteccia lichenosa con roncolette dal manico rosso. Sono contenti. M'hanno dato fragole e lamponi. Io mi frego con l'indice disteso il sudore dalle sopraciglia e li guardo.

Vorrei essere piuttosto sorvegliante d'una piantagione di caffè nel Brasile. Ho parlato oggi con un negoziante di qui: dice che sapendo lo spagnolo potrei farlo benissimo. Basta un po' di durezza. Badare che lavorino.

Dar di frusta non fa male. Avrei piacere di assaggiare quelle larghe spalle di meticci. È strano che la gente non crederebbe io possa essere aguzzino. La gente non crede ch'io sono freddo e calmo e che la loro miseria mi dà semplicemente un senso di noia.

. . . . . . . . . . . . . . . . . . . . . . . . . . . . . . . . . . . . . . .

E io?

Io sono come voi, non badate. Le mani del giovane barbaro sono diventate bianche e deboli come le mani delle femmine. Ora è tempo di sognare: alberi spaccati, schiene frustate, altre cose. Tante altre forti cose.

Mamma mi diceva timidamente ch'era naturale non dormissi, tutto il giorno su e giù per la tua stanzetta senz'aria! – Come un condannato: cinque passi in su e cinque in giù, fra due scaffali di libri letti e riletti e un muro bianco dove sta scritto da tanto tempo: Tutte le cose son vere, ma alcune accadono ora, altre accadranno nel futuro. E s'io ti racconto in questa triste notte invernale d'una fata che viene portando odoranti fiori in grembo, tu mi devi credere, o povera anima mia. – È passato parecchio tempo. Ora il piccolo salmo è tagliato con un frego del dito. È scritto anche, a lapis rosso: Guardami ben: ben son, ben son Beatrice.

Su e giù, giù e su. E poi sedere davanti a questo piccolo tavolinetto, e poi sdraiarsi per terra. In strada gl'innumerevoli bimbi urlano e piangono e tiran sassate sulla ruletta chiusa dell'erbivendola. Tornano in rimessa, con gran fracasso, i carri d'una fabbrica di birra. La casa grigia di fronte è orribile. Quando piove sgocciola di sudore giallastro. La luce invade camere soffocate, angoli di grandi armadi scrostati, uno straccio per terra, una donna grassa che si leva le calze. A qualunque ora del giorno sono ammassate sulle finestre lenzuola e coperte stinte. Tutto il giorno c'è una brutta baba sdentata che sbraita discinta dalla finestra contro il suo bambino: – Ah, porco! Dove te xe, fiolduncàn?! 'Speta che te guanto mi, mulo! Cori, Paulin! Che dio te maledissi in tel anima, porco de mulo! 'Speta mi, co' te vien a magnar! – Tutto il giorno. Alle diciannove e mezza una moglie alza lo sportello della finestra e con una piccola in collo aspetta il marito che viene a passi brevi, giocando col bastoncello. Ogni sera. La notte passano comitive di ragazzoni cantando l'inno della Lega o dei Lavoratori. All'alba i muratori camminano battendo con i loro tacchi di legno, e la donna apre le imposte e chiama il suo figliolo che è ora di scuola.

Usciamo, perchè qui non si può più stare. Andavo nel bosco di Melara. Traversavo i prati e mi godevo del sussurro dei piedi fra l'erba già alta, camminando lentamente, un po' curvo, a capo scoperto, sotto il sole, come chi va spiando da piccole tracce e piccoli strepiti una cosa che s'allontana cautamente.

Tutte le carnose papilionacee, rosse, gialle, screziate, sono in fiore. Le foglie delle querce s'inturgidiscono di succo, e i ginepri sono più coccole che aghi: coccole verdognole, lisce, fresche come gocce marine. I tronchi dei platani si spellano, e all'annodatura i primi rami sono gonfi di muscoli crespi come braccia di forti creature. L'erba dai prati s'allarga sulla strada maestra.

Dolce principio d'estate in cui tutto è vivo. Io sento d'intorno a me la sicurezza meravigliosa della vita che s'eterna. Cede la primavera benignamente, con piovere di petali sanguinei e bianchi al vento vaporante, mentre i calici ingrossano e s'insolidano e le farfalle rompono il bozzolo filamentoso e le guaine dei nuovi germogli si ripiegano secche e scolorite. Ancora ondula qualche fraschetta gommosa e rossiccia, e avvolta dall'esuberanza dell'erba ancora qualche viola impallidisce negli umidi nascondigli: lievi parole infantili che tornano sulla bocca della donna che ha partorito.

Io mi sdraio sotto un rovere e guardo svolettare tra le foglie mille insettucci rossoturchini, in amore. Tutta l'aria sul mio capo è piena dei loro brevi svoli. Alcuno cade sfinito, si agguanta al filo d'erba inarcato e drizza le sue antenne, stupefatto. Per il tronco gropposo scende e sale la doppia carovana delle formiche; dall'erba sbalzano sui miei vestiti esili puntolini neri come cicale minutissime. E mi slungo più fondo in questa forte erba fiorita, e sono pieno di dolore e di morte.

Sta quieto. Il cielo è chiaro, come dopo un'acquata. Nel turchino del cielo lo sguardo si riposa calmamente, come nella distesa del mare. Veleggia un cirro bianco tremolando. Gli orli delle foglie contro il sole lameggiano d'argento. Riposa. Il vento che vien da lontano ti porta un buon sogno se tu stai fermo e lentamente t'assopisci. Reclina il capo sulla terra. Ora ti giunge un suono tranquillo di campana. Vicina è la patria.

No, non posso dormire. Le braccia dormono, abbandonate lungo i fianchi, gli occhi dormono; tutto il corpo e l'anima smania verso il ristoro del sonno: ma una, una cosa veglia che nessuna nenia di mamma addormenta e l'acqua che a goccia a goccia fluisce vicina non placa, e il vento non porta via tra i fiori con sè, natura, natura! Una cosa. Non posso dormire. Le stoppie vecchie dell'erba inquietano come questo pensiero che neanche nel sonno mi dà pace ed è insolubile a tutte le buone virtù della terra, ed è duro, e mi tormenta in ogni posto. Non posso dormire. Un disgusto orribile storce le mie guance per tutta questa vita piena di gioia che mi circonda. Che ho commesso io di non potermi fondere dentro quest'ora calda in cui una divina certezza d'amore freme da foglie e tronchi e fiori e uccelli e sole? Ficco le dita aperte nel groviglio dell'erbe come si fa per scoprire la bianca fronte dell'amata, e gli occhi suoi mi guarderebbero fissi serrando l'infinito fra i nostri due sguardi. Dov'è la tua bocca, creatura, ch'io la baci? Dove sei?

Solo m'hai lasciato qui. E posso percorrere tutte le vie e i monti e i mari della grande terra, e in nessun posto ti ritroverò più. Sono ampie e immense le strade del vento piene di spume e ondeggiamenti; ma tu sei più in là. E se anche il sole mi fa chiari questi stanchi occhi, io non ti posso più vedere, tanto lontano sei andata. Quando la notte è viva di stelle ti cerco negli spazi immensi; ma l'infinito è senza di te perchè io non ti posso più stringere fra le braccia, creatura.

Ed eri fresca e odorosa come l'alba. Eri un'alberella di primavera. Quando tenevi la mia mano nella tua bella mano lunga, dovevo camminare dritto, con passo fermo. Io ti guardavo negli occhi irrequieti, curiosi di foglioline sotto le foglie secche, che improvvisamente si spalancavano meravigliati o profondi come il dolore, e ti sorridevo. Cantavi a bassa voce, limpida come un filo d'acqua tra l'erbe. Dolce creatura! E quando chinavi la testa sulla mia spalla, io ti tenevo il mento nella mano, t'accarezzavo le guancie e i fini capelli, e una tenerezza tremante mi prendeva non potendo io comprendere che tu eri mia. Piccola, piccola! perchè m'hai fatto questo male?

Solo m'hai lasciato qui, dopo averti baciato.

E ora non c'è pace più, in nessun posto, anima. Dove potremo nascondere la nostra amarezza? Alziamoci e camminiamo con i nostri cotidiani passi lenti, in cerca della nostra solitudine.

Il carso è un paese di calcari e ginepri. Un grido terribile, impietrito. Macigni grigi di piova e di licheni, scontorti, fenduti, aguzzi. Ginepri aridi.

Lunghe ore di calcare e di ginepri. L'erba è setolosa. Bora. Sole.

La terra è senza pace, senza congiunture. Non ha un campo per distendersi. Ogni suo tentativo è spaccato e inabissato.

Grotte fredde, oscure. La goccia, portando con sè tutto il terriccio rubato, cade regolare, misteriosamente, da centomila anni, e ancora altri centomila.

Ma se una parola deve nascere da te – bacia i timi selvaggi che spremono la vita dal sasso! Qui è pietrame e morte. Ma quando una genziana riesce ad alzare il capo e fiorire, è raccolto in lei tutto il cielo profondo della primavera.

Premi la bocca contro la terra, e non parlare.

La notte; le stelle impallidenti; il sole caldo; il tremar vespertino delle frasche; la notte. Cammino.

Dio disse: Abbia anche il dolore la sua pace.

Dio disse: Abbia anche il dolore il suo silenzio. Abbia anche l'uomo la sua solitudine.

Carso, mia patria, sii benedetto.

Ma una notte il dolore fu quasi più forte di me. Lo sentivo raccogliersi a goccia a goccia, e l'anima si chiudeva arida e indifferente, cercando di non dargli presa. Io so la paura. Non si capisce altro: ora quell'uomo viene avanti e m'ammazza. Io non posso muovermi. Non posso sottrarmi. Fare strepito, no. Devo guardarlo fisso.

Così era di me. Camminavo rabbrividendo sulle scaglie calcaree, sonanti come piastre di ferro ai miei passi, fra cespugli e pini giovani. Lo strepito dei miei piedi non mi faceva terrore; ma mi sgomentavo, sudante, come la scaglia toccata scivolava più in giù, urtando le altre, crepitando fra stecchi e foglie. L'anima era stanca e non voleva più patire. Voleva rimaner sola e oscura. Pregava con nenia, che non venisse il dolore, che non venisse l'affanno, che la lasciassero sola e oscura. Ma non c'era pace nella preghiera; non m'ascoltavo. Ero tutto teso e doloroso verso uno sfrondare improvviso, un lampo, un colpo di fucile, uno scroscio. Una terribile cosa presentita, che mi può cogliere qui, da questa macchia nera, dietro quel muricciolo, eccola – Correvo, per sfuggire il dolore che m'inseguiva fra i cespugli mossi, verso il cielo aperto, dove si vede da tutte le parti intorno, nella luce dell'orizzonte stellato.

Ma nell'infinito notturno fui più solo e senza difesa. Solo, col mio dolore, unico compagno, buon compagno, da reclinare la testa in lui e piangere. Piansi come un bimbo sperduto. La luna bianchissima nell'aria, soffusa sui sassi e sulle piante da inumidirsi le labbra e toccarla, fredda, con la mano. Il mare sotto di lei s'innalzava in una strada d'argento, procedente a larghissime spire. Nell'immensa luce d'alba l'orizzonte lontanissimo guardava da tutte le parti, petrando indifferente in ogni cosa. E io piangevo solo, alta ombra nera osservata e vana.

M'accoccolai fra le rocce a picco sul mare, nascondendo vergognoso la faccia nelle mani. Io non credo in Dio, non credo in Dio. Ma forse lei è qui sopra di me, in questa luce senza scampo, in questo cielo, in questa terra. Anche tu sei qui con me. Forse anche tu soffri. Aiutami, creatura. Ch'io senta solo una sillaba della tua voce e la tua mano sulla fronte, perchè è silenzio e solitudine qui, e nessuno disturba. Intorno, nessuna cosa respira. La terra si può aprire e restituire la sua preda. Il cielo si può riunire per ricrear la sua forma. L'anima è diffusa in tutte le parti; ma io voglio averti ancora qui, amore. Io posso farti rinascere. Basta ch'io creda. Io credo che tu puoi rinascere. Tu non sei ancora morta. Aspetti prima che ritorni. Io ti scrivevo che si sarebbe stati contenti assieme. Vedi, quando s'ha te tutto è così semplice e bello. Arrivederci presto, amore. Aspettami presto. In luglio sarò di ritorno. – Allora, quando ti scrivevo questo, tu eri già morta. Ma ora sono tornato, e t'aspetterò fino all'alba, perchè tu sei ancora mia, e non è possibile che tu sia morta. Non avermi abbandonato! Sta con me, piccola. Ti prego, ti prego. Creatura – Non alzavo la faccia per non disturbare la sua volontà. E bisogna credere e star fermi e credere. – Un tocco fra i capelli. Forse era il vento. La terra è chiarissima sotto la luna. Perchè tu sei eternamente morta.

Ella è morta. Non è comprensibile questa parola. Nessuno la può veder più. Nessuno ode più la sua voce. È morta. Io non capisco la morte. Io non so nulla. Io sono davanti alla morte e la guardo incantato come guardo questa roccia spaccata sotto ai miei piedi. Ma io non voglio morire, perchè non so cos'è la morte. Ella è in una tomba nella pietra liscia, nella bara, serrata con viti. Come facevano quando invitavano le viti? Ella è con le mani distese lungo i fianchi. Di fuori c'è un nome e due date. Bisognerebbe strappare quella lapida. Bisogna portare tutti i ginepri del carso sulla sua tomba. Porterò un macigno grande; e rami di quercia giovane, perchè tu stia sotto il fresco delle foglie, e i boccioli, e i narcisi, tutti, così i fiori non nasceranno più in carso. I fiori del carso seccano sulla sua tomba, brava gente mia! Avanti, avanti, cercate se siete bravi. Io li ho presi tutti, e ora scendo e li porto quassù con me e stiamo in pace. Occorrono tutti i boschi di pino per bruciare il suo bianco corpo.

Riposiamo, riposiamo. Ella è morta, è inutile. Uno vive tra noi. Per anni e anni. Ha bevuto il latte d'un'altra donna, ha imparato a scrivere da un altro, ha insegnato a scrivere a un altro. Io le ho dato un tormento, tu hai sofferto per lei. Sì, perchè aveva degli amici, e quando essi erano lontani a lei pareva di non essere neanche viva. Ha parlato con migliaia di persone. Ogni suo atto e ogni sua parola è allacciata con i nostri atti e le nostre parole, e forma una cosa unica, non sua, non nostra, di tutti noi, di tutti. Niente interviene. Un piccolo niente, un atto di volontà: un attimo: quella persona non è più eternamente con noi. – Com'è possibile che uno può morire mentre gli altri continuino a vivere? Io non domando com'uno può morire, io domando come gli altri continuano a vivere. Egli è morto, egli solo. Gli altri alla mattina dopo vedono levarsi il sole. Si stampa il suo nome sul giornale. I treni corrono. Potete già leggere il suo nome nell'avviso mortuario del giornale comperato in una stazione intermedia. Io non patisco. Anche questa signora qui di faccia legge il suo nome sullo stesso giornale che ho in mano io. Trentamila copie. Io vado a vederla morta. Ma questo non fa niente; ma io domando: se egli solo, egli addolorato da noi, egli amato da noi, egli solo è potuto morire, continuando la nostra vita – dunque l'odio, l'amore, la comprensione?

Nessuno può penetrare dentro una persona e amarla così perfettamente ch'essa sia legata a noi come corpo nel corpo. Uno può morire poiché nessuno lo può comprendere; dentro ogni individuo c'è un segreto tutto suo che l'amante e il maestro non toccano. E l'individuo è per l'eternità staccato dagli altri individui ed egli aspira a esser tutto, dalla punta delle dita alla sua fede, tutto un segreto invisibile, senza che gli altri lo possano cercare, muto e solo; egli aspira alla sua pace d'individuo, dove la sua forma non sia turbata dall'altre; esser tutto suo. Ed egli patisce finché non arriva: questa ricerca è la vita. L'individuo desidera di morire dagli altri. E naturalmente noi non possiamo comprendere la sua morte.

Già da bimbo esiste nell'uomo il rimpianto. Già allora sentiamo che ci manca qualche cosa che godemmo e che s'è persa, e piangiamo; e tutti gli uomini assieme, tutta la storia degli uomini non può consolare il piccolo bimbo che rimpiange una cosa. Questa è l'umanità in cui ho creduto. Lavorare è cercar invano un ristoro per la cosa perduta. Ognuno si cerca, ipocritamente, selvaggiamente, sul corpo della donna, nella mano dell'amico, nella fede, in Dio. Ognuno, vanamente. Io solo, quassù, solo, sono sincero; ma anche la solitudine e la sincerità non bastano. Non basta sapere. Io penso in parole che gli altri pensano. È necessario morire. Solo questo è indispensabile: essere.

Ma com'è possibile che l'individuo sia, quando ha raggiunto la sua solitudine e non c'è più ostacolo davanti a lui? Egli muore imperfetto: come si perfeziona senza misura, meta, mezzo, attività? Egli muore uomo. Che cosa avviene nello spirito individuale che muore, perché si possa mutare così integralmente il suo carattere umano? Dunque l'ultimo atto di vita è l'integratore dell'individuo? In quell'attimo egli è perfetto, e gode umanamente della sua perfezione divina, perché nessuna cosa umana può morire prima d'aver raggiunto la sua meritata divinità.

Ma chi ha detto ciò? Che verità afferma che per morire bisogna esser perfetti? Questa può essere l'illusione con cui tu hai tenuto su la tua debole vita. Chi dimostra che c'è perfezione nell'individuo? Egli può anche morire benissimo essendo imperfetto, rimanere inespresso nella sua parte ottima, per tutti i tempi inespresso, senza possibilità di futuro.

Con questa eterna, ferma angoscia. La morte non è pace. La morte è un tormento orribile. Ma lo sente? rimane la coscienza individuale? Il tormento orribile del tutto attraverso di te. O il tutto patisce senza riposo?

Il tutto? cos'è? T'hanno abituato a questa parola. Forse non esiste un tutto, esistono parti staccate che cercano inanemente di fondersi. Qual Dio t'ha rivelato che la morte sia sola? Può essere un tuo pensiero d'angoscia. Può essere che neanche il tuo tormento più duro tocchi la verità. Non è scritto che ci sia una verità. Perchè è necessario che ci sia? E anche se c'è, al dolore non è dato la grazia speciale di veggente. Quest'è la rettorica del dolore veggente. Perchè il dolore dovrebbe essere più profondo della gioia? La cosa pensata da tutti non è necessario sia vera. Per esempio, cosa parlano di annullamento nella pace cosmica, di trasformazione organica perchè nasca una forma particolare?

Ma può anche esser vero, chi ha detto di no? La tua superbia di non appagarti in ciò che gli altri dicono. E che vale la tua superbia davanti al mistero? Tu sei uno che non sa perchè perisce questa pianta adesso che l'hai strappata di terra. Era una pianta di timo. Sei venuto quassù, portato dal suo profumo. L'accarezzavi tanto. Le volevi bene. Era una dolce pianta di timo. Snella, con un ciuffo lieve, odorosa. Tu l'hai strappata perchè non hai capito cos'era. Tu non l'hai capita, perchè sei un letterato. L'avresti radicata più fonda nella terra, nessuno più l'avrebbe potuta strappare. Potevi esserle dio. Ora marcisce. Nascerà nuova vita da essa. Vita? ma mille vermi e mille gramigne valgono la pianta di timo che hai fatta morire? Dio, perchè i buoni, perchè anche i buoni? Ma è dunque necessario alla vita che i suoi scompaiono perchè essa possa continuare? Così debole è la vita. Indifferente, senza legge. Muore anche il buono perchè anche il cattivo nasca. Nessuna legge. Non un buono per un cattivo: sarebbe legge. Buono o cattivo, buono e cattivo: – ma queste son distinzioni nostre! Nell'universo non c'è legge. Regna ancora il caso, anche ora che è nato l'uomo e la volontà. Tu ti sforzi d'esser buono, ma la natura non ricava niente da questo tuo sforzo. Ma gli uomini sì, gli uomini! E, signori uomini, dopo gli uomini? dopo la vostra alta sapienza? L'universo nuovo sarà migliore perchè Dante ha scritto? I Prigioni di Michelangelo terranno sulle loro spalle la notte eterna perchè non fracassi la terra che gira intorno al sole, e il sole che gira intorno a Ercole, e Ercole che gira intorno – Intorno a che cosa? – Ma tu uomo, tu che vivi e obbedisci alla tua coscienza, sapendo che non migliori niente, sei un eroe. Sei il tutto di fronte al niente. Dio tu sei.

Dio? – Ma non potrebbe anche essere che tu vivi soltanto perchè ci sei abituato e ti secca provare l'ignoto? No, non facciamo storie grandi; vediamo semplicemente come stanno le cose. La vita è dopo tutto molto comoda per chi non sa arrischiarsi nel largo mondo. Chi esce dalla casa può smarrirsi, non ti pare? E c'è una persona che ama assai il suo cervello e il suo largo petto. C'è qualcuno che vive perchè è ambizioso; ma, umile, dovrebbe morire. Costui sogna nella sua superbia di avere un compito e una strada, ma che conti tu in realtà? senza fede, senza lavoro, senza amore, carne accasciata! Il tuo spirito è soggetto al caso. Una persona è morta: e tu non credi più. Sei una forma qualunque dell'universo che solo in questo può essere superiore: vincere l'orgogliosa abitudine, e morire. Tu ti puoi persuadere del mistero. Puoi rinunziare. Essere umile, sereno.

L'abisso non fa orrore. Si può scivolare giù. Solo bisogna lanciarsi più in là per non portare con sè i sassi fragorosi. Andar giù zitti. Non disturbare il freddo silenzio dell'universo. Come l'acqua nell'acqua.

O, o! – ma anche può essere che tu non sai sopportare un dolore, amico. Può essere, non è assolutamente certo, caro. Può anche essere che ora io ti parli soltanto per paura di morte. Ma se fosse vero che tu muori perchè non sai sopportare un dolore? Perchè sei incerto? Ora viene l'angoscia. La sentite? L'aria è spasimante sotto le sue grandi mani. Le nuvole serrano la luna. Sangue, nero. Silenzio. – Dio!

Dio muto e fermo sul trono.

Non voglio! È vigliacco morire senza una certezza. Per nessuno; ma per me, per me, non posso ancora morire. No, sincero, sì, sincero: perchè bisogna esprimere questo momento. Esprimere. Tutta la vita è espressione. E dunque osserva la tua morte con la calma necessaria, e preparati un efficace stato d'animo. Ma perchè? Io vado avanti. Io sono un poeta. Sì, vado avanti, certamente. Il mare è in fiamme. Il cielo è grande. Notte, buona sorella, un po' di vento va e viene. Come sarebbe quieto dormire.

Notte! voglio te, mamma! non venga la luce, non voglio l'alba.

Ho strappato tutte le peonie di Lipizza, piena la mantella, e le ho versate sulla sua tomba. – Mamma, di' che non facciano strepito, vado a dormire. Arrivederci, mucci, addio. Per la strada venivano tutti gli asinelli carichi di latte. Erri! erri! Quasi montavo su uno perchè ero stanco. Che effetto fa, tornar di lassù e per le scale – puzza d'olio bruciato, non so che odore. Ma chi sta in questo casamento enorme? No, no, grazie, non ho fame. A rivederci.

Ora ha vinto la pioggia. Un respiro caldo di vento fa tremare i fogli sparsi sul tavolo, un respiro umido, di malato.

Dalle stanche nuvole s'infiltra la pioggia, giù per l'aria. Tutto s'ingrigia in un languore d'affanno e la gente cammina senza meta nelle silenziose strade lunghe.

Torniamo alla vita così, rassegnati e muti, perchè forse è meglio, e il dolore e la gioia sono vani.

Finiti gli studi, tornerò a Trieste e farò il professore. Io non ho molti bisogni, vivo con poco, e il più sarà per le sorelle. Alle domeniche andrò dagli amici e passeremo un po' di tempo insieme, seduti vicini, chiacchierando affettuosamente.

Questa buona figliola è così felice che sono venuto, dopo tanto tempo!, a trovarla. Mi prende le mani guardandomi con tanto affetto; e non chiede e non è curiosa. Forse ella sa, ma mi lascia godere in pace il tepore della stanza riscaldata e la tranquillità della sua casa.

– Berremo una tazza di tè, vuole? Aspetti: dico di non essere in casa per nessuno, sono così contenta! – Ma no, perchè? Anzi, ho voglia di vedere un po' di gente e discorrere con loro. Son rimasto qualche giorno lontano. Ho sofferto un poco; ma ora mi son rimesso quasi completamente. Beviamo il suo buon tè, aspetti, questo biscotto è più buono.

E così mentre si sta chiacchierando da buoni amici, viene una signorina, porta nuovi discorsi, si parla, anche si discute. Poi io saluto affettuosamente e torno a casa e sorrido ai miei e gioco con loro. Essi sono contenti.

A poco a poco, meravigliandosi l'un l'altro, tornano a parlare con voce naturale, senza guardarmi più di sfuggita e chinare la testa sulla tavola, imbarazzati, non sapendo che dire. Ora a poco a poco la vita nostra riprenderà l'usato tono, vedrai mamma; anche lavorerò. Sono un po' cambiato, è vero, ma tornerà anche la speranza, aspettiamo un poco.

Ma l'anima mia benedetta ha ancora tanta forza da negare duramente, no, no! così, no. Via degli uomini finchè tu non li ami. Via! rispetta almeno il tuo dolore.

Meglio questa scrosciante piova sul mio capo, e tornare lassù, magari per sempre.

I cani di notte! Vengo su, via dalla città, dimenticando per la fatica di metter un piede davanti all'altro, e non sento frondeggiare gli alberi lungo la mia salita, non vedo queste piccole case solitarie, serrate e sbarrate come per un assassino notturno che sempre sia pronto. Cammino. La via è acquitrinosa. Non so della città che dorme o luccica o impazza dietro alle mie spalle. Non so del cielo. Cammino nella fedele oscurità svoltando perchè il viottolo svolta – e sempre mi pare che stia per finire e io mi trovi chiuso dove non si può più andare avanti. Cammino. La smania dell'incerto, l'ansia dei muscoli hanno ingoiato il dolore. Penso semplicemente di metter bene il piede per non sdrucciolare. Ah l'oblio, l'oblio in questo andare anelante, col petto proteso in avanti per sbilanciare in su tutto lo stanco corpo! Il sangue mi batte rotto nelle tempie. Più presto! E d'improvviso, nell'orecchia, qui sul capo, l'urlo vigliacco d'un cane.

Un urlo rauco, furibondo, quasi disperato. Un urlo di vendetta per le inutili notti di veglia. L'anima si riscote e trema. Che cosa faccio qui a quest'ora? All'urlo risponde il cane vicino che non aveva sentito il mio passo silenzioso, e un altro dirimpetto, l'altro più in su, giovane, allegramente. È dato l'allarme. E subito tutto l'anfiteatro di colli è sveglio, e la notte ulula e ringhia contro questo mio povero passo che evitava lo stelo secco per non svegliare, per passare via, andar solo e ignorato. Una finesta s'apre cautamente, io m'allontano impaurito come colto sul fatto.

Tutto è di nuovo presente. Torna il dolore e l'angoscia.

Ho paura. C'è troppe cose ignote, gravide d'oscurità, intorno a me. Sono veramente in un bosco? Non fui mai qui. Non trovo nulla d'amico. Tocco i tronchi umidi e gommosi – è un frassino, certo, questa scorza liscia come pelle. Non senti? Cade una piova di piccole corolle bianche, come perle minute. Tutto è riposo. Non muoverti. Non disturbare.

Eppure qualcosa è sveglio. Scricchiola e crepita leggermente. Che è che anche di notte non dorme? Non fa vento; l'aria pesante era ostacolo all'andare. Sto fermo e ascolto senza respiro.

Chi è nascosto nel bosco? Ma ho il mio coltello qui. –Chi è?

Nulla. E tremo di questo mio vagabondare notturno, in posti deserti dove solo chi deve nascondersi cerca il suo letto! Come se io meditassi qualcosa contro gli uomini. – No, no! Ecco, vedo la bragia della sigaretta, scende un uomo. Mi passa accosto con cautela, guardandomi di sfuggita. Perchè ha paura? Ma io non gli faccio niente! io sento il suo passo allontanarsi e perdersi.... ora è già nella sua casa accende il lume e guarda i suoi figlioli che dormono.

Io? Neanch'ella dormiva. Anch'ella era sola e dolorosa. Io veglio la sua notte. Io batto i boschi e le macchie come un guardiano notturno in cerca dell'assassino. Io non tollero che la notte nasconda nessun malfattore nella sua ombra nera. Dalla sera all'alba io cammino cercando, e alla mattina mi butto sotto un albero e aspetto fino alla sera. Una volta o l'altra lo devo trovare. Fino allora non ho diritto di dormire la notte. Anch'ella non dormiva.

La notte ella balzava dal letto e spalancando la finestra avrebbe voluto star sola col vento nella sua angoscia. Guardava le scure masse del carso diffondersi davanti a lei, – ma laggiù per le strade camminano, cianciano e si fermano per discutere di politica e d'affari quelli che camminavano e si fermavano lì, sotto la sua casa, quelle notti.

– Si sdraia accanto alla moglie grassa. – Sogna che venti giovanotti elegantissimi le si accalcano intorno ammirati del suo cappello nuovo. – S'inquieta perchè non seppe vendere quelle casse d'agrumi. – Pensa che finalmente le vacanze universitarie sono finite, e si ritorna a Vienna. – Chissà perchè la sorella ha guardato così fisso quell'uomo? – Bisogna che tu sia più cortese con lui.

Questa è la vita che esigeva il suo sorriso. Ella doveva esser allegra. Ella aveva tutto. C'era uno perfino che studiava i segni di lapis sui libri ch'ella leggeva, e sapeva tutte le strade dove passava ogni giorno. Tutto ella aveva. E si ammazzò.

Ah! – È lucido il mio coltello, natura! Gli occhi vi si specchiano come in volto fraterno. La sua lama è pura di macchia come punta di piccone. Acciaio di Solingen, manico di corno, serramanico durissimo. Fedele e vigile compagno delle mie notti, ficcato dritto nella terra accanto alla mano destra. Silenzioso e sicuro. Io chiesi un temperino a un'amica; essa mi portò questo quindicicentimetri di acciaio. Silenzioso s'arrotò sui rami e sui tronchi. Ora ride di freddo e di tormento. Silenzioso vuoi riscaldarti? Tu mi bruci le labbra dal freddo.

Ricordi quella notte? Era caldo, no, dentro la faina! Come la infiggemmo! Sussultava torcendosi rotta come una biscia, e tentava di strattarti dalla terra. Ma io, ridendo benignamente, le sputavo fra i denti fradici di sangue, e ti aiutavo da buon fratello affondandoti col pugno, sicchè il tuo manico incassava un solco sempre più fondo nella schiena stroncata, e la sua pancia s'appiattiva contro il suolo, il suo strido s'inveleniva come un cantino sempre più stretto più stretto. – Stinc! Hai dimenticato? i suoi bei mostacchi da ratto! Rigido d'ozio tu sei! o via! Ecco che nel frassino tu fai il tuo netto incasso triangolare, e ne geme un succo biancastro come sangue marcito. – Come? Eh, eh! tu hai sete di più buon liquore, Silenzioso! La vendetta dissecca. Vieni qua: dammi un bacio! Come tu ridi! Caro. Zitto! La torre municipale batte l'ora. Va bene: è proprio l'ora. La città schifosa è laggiù, nel fumo e nella luce. Andiamo, Silenzioso.

Natura, io ti ringrazio. Tu m'hai fatto libero, e ti ringrazio. Io ero pieno di legge e di dovere. Io sapevo cosa era la bontà e cos'era il male. Ma tu mandi gli uomini cattivi e poi mandi altri uomini per vendicarti di essi. Li strappi, con un piccolo atto, dalle preoccupazioni del mondo, e li fai tutti tuoi, per la vendetta. Tu fai morire i buoni per i tuoi giusti fini. Tu ci fai spremere d'angoscia per i tuoi giusti fini. Tu ci crei e ci annienti per i tuoi giusti fini. Natura tu sei dal principio dei tempi giusta, e io ti ringrazio d'avermi fatto nascere. Io t'obbedisco, o divina e buona natura.

Che vuoi con questo tuo bimbo sano che fai crescere nell'amore di te? Aspettiamo che cresca, vuoi? Aspettiamo che venga su e lavori e ami. Ora riposa. Lascialo riposare, natura. Egli ti vede bella come la sposa e parla con santità di te. Quel piccolo bambino crede, t'assicuro. Egli crede, e bacia i fiori che incontra per i campi e saluta gli uomini meravigliandosi della loro bellezza. Egli guarda come lavora il fabbro e come mettono il lastrico nelle vie. Egli ha voglia di sedersi insieme ai forti facchini sul carro che corre e aiuta la donna a mettersi il mastello in testa. Egli ha voglia di aiutare gli uomini. Lasciamolo crescere. Io ho tempo, molto tempo, aspettiamo. Qui, qui in questa grande casa verde è nato. Non credete? Perchè mi guardate negli occhi? È già l'alba? Presto rosseggia laggiù. Bisogna far presto. Ma non guardatemi così, non temete affatto! Io sono un bimbo che aspetta, che ha tempo, che ha tanto tempo, e aspetta di crescere e di amare. Toccate come son già fredde le mie mani, sono un pezzo di carne gelata. Ho freddo. Datemi un po' di fuoco e un po' d'acqua, vi prego. Ma non sentite, non sentite come patisco, fratelli? Lasciatemi dormire qualche ora sul vostro letto, perchè sono assai stanco.

Sto seduto in riva allo stagno dove le armente vengono a bere, allungo la mano, prendo un sasso e lo butto nell'acqua. Il sasso fa un tonfo motoso e sparisce.

Cammino a testa bassa, scoprendo i pezzettini di vetro, il filo di paglia, i batufoletti di capelli mischiati con la ghiaia.

Rompo uno zolfanello in due, prendo il temperino, taglio i pezzi per lungo, taglio i nuovi pezzi; poi butto via tutto.

Avrei voglia di fresche perline da infilare con l'ago.

Non riposerai. Questo ti prometto. Lavorerai piangendo dal disgusto, ma lavorerai.

Sei stanco, e forse non puoi far più nulla. Le tue mani non sono più abbastanza forti per il martello; il tuo cervello è annebbiato. Sei una bestia ferita a morte che cerca un nascondiglio per crepare. Sta bene. Ma lavorerai.

Tu non sai niente. Un piccolo atto incomprensibile ha disperso le meschine verità che t'eri racimolato a schiena curva. Sei solo e nudo. Sei inerte. Sei davanti a un mistero che ti sarà impenetrabile per sempre. Sta bene. So. Ma lavorerai.

Non sai perchè l'erba cresce e il mondo esista. Non sai se il mondo esiste o no. Non sai cosa tu sei. Può essere che l'universo sia nato da una maledizione. Il tuo dannato lavoro sarà, forse, eternamente vano. Ma lavorerai, come se tu fossi l'ultimo dei rimasti.

Dopo – non so se vi sarà riposo. Ma ti prometto che qui non avrai riposo. Qui lavorerai. Questo è certo.

Io voglio rifarmi forte e duro. L'aria del carso ha già sfregato via dal mio viso il color di camera. I polmoni tiran più lungo la fiatata. La schiena sente poco i sassi. Io amo il corpo robusto, capace di patire, di resistere, di lavorare. I deboli mi fanno schifo, come creature dipendenti dalla pioggia e dal bel tempo. Salute è condizione di libertà. Le malattie vadano da chi è abituato a stare in letto – diceva mio zio – e non mi vengano a romper le scatole.

Mi fa piacere poter stroncare sul ginocchio un tronco di nocciolo, e buttar venti passi lontano la pietra che quasi non posso alzar fino alla spalla. Mi fa piacere ricordare che una volta c'erano uomini che sradicavano un quercione dalla terra per servirsene di bastone.

Buona cosa è poter difendere col proprio pugno la propria vita. Non amo il revolver; non saprei, forse, sparare contro un uomo. Difendermi a coltellate, sì.

Vivrei quassù in carso, solo.

Forse troverei la mia vera Vila, Carsina. – Lei non doveva morire. Credeva che io fossi tutto forza e bontà. Io non sono forte. Io ho bisogno d'amare come tutti gli uomini. Io voglio la vita piena, completa, col suo fango e i suoi fiori. Io non sono fedele alla morte. Io voglio bene alla carne sana, piena di sangue e di prosperità. Io voglio bene alla mia carne.

Carsina sarà dritta e avrà i capelli un po' resinosi come i ciuffi dei ginepri primaverili. Denti bianchi e aguzzi, per mordere. Elastica alla vita da rovesciarsi in una rossa risata col capo all'ingiù sotto la mia stretta. Sarà bello svegliarsi alla prima alba e vedere i piccioli delle foglie e il cielo bianco tra esse.

Baciarci nella rugiada. Carsina finchè tu sarai giovane io vivrò quassù solo con te.

Io avrei dovuto vigilare nel suo sonno come un cane nella camera del padrone perchè nessuno v'entri. Avrei dovuto tenermela tutta nelle braccia, e radicarla nella terra. Quando la baciai non seppi pensare che nel suo cuore poteva essere il pensiero di morte. Io non l'ho capita. Ora non è dolore, ma punizione. Accetto e non mi lagno. Non patisco.

Il male sussulta di tratto in tratto in me anche nel sonno, nel torpore e nella stanchezza fisica. Io credo anche dopo la morte. C'è un grumo sanguinoso dentro il cervello che non mi permette di pensare limpidamente.

Creatura, io benedico il giorno che sei nata e il giorno che hai voluto morire. Non chiedo e non urlo. Io so che tu sei morta ferma e sicura.

Le piccole parole non possono spiegare la tua morte. Ma ogni buon atto nostro viene da te, e tu continui a vivere nel laborioso amore. Cercheremo d'esser degni di te. La nostra opera è tua, e se possiamo esser contenti di lei, il tuo sorriso ci dà gioia e pace. Noi ti ringraziamo, sorella, e amiamo la tua morte come abbiamo amata la tua vita.

Tu non conosci il mistero, ma anche il dolore che ti fermò gli occhi sul nulla è parte di esso; e se tu lo esprimi sinceramente, una parte del mistero è svelata. Perchè dal fiore tu conosci le radici, non dalle radici la pianta.

Se il tuo dolore è inerte, che vale il tuo dolore? Allora esso è vano, e tu, la tua vita, e il mondo. Come nella sacra forma umana tu devi cercare il mistero, così il dolore e la gioia sono lo sformato nulla da cui tu devi estrarre un nuovo mondo. Se tu fai, il tuo dolore ha preparato agli uomini una più intensa eternità.

Perchè tu non sai cos'è il bene, ma senti chiaramente cos'è il meglio. Il patimento è buono, se esige da te un più profondo dovere. Così tu ti allarghi nel mistero, nutrendoti di lui, e le sue tenebre diventano sole nella tua anima.

Per questo, che tu devi essere più buono, tu sei uomo fra gli uomini. Ora li puoi amare perchè hai sofferto e disperato. Benedici il tuo dolore e scendi, sereno e severo, fra essi.

Sono disteso nell'erba. Sugli occhi mi sventola il sole con il tremolio soffuso degli ulivi. Giunge giunge pieno di salute e di gioia il maestrale dell'Adriatico. Abbrividisce il verde mare di Grignano, e sprazza in innumeri fiamme e scintille dorate, e la fresca pace mi penetra disciogliendomi come terra di marzo. In bocca balza un canto ingenuo e scomposto.

Come il corpo s'adagia avidamente sulla terra! Le braccia si distendono grandi su di essa, e il mio respiro si fonde come una preghiera nell'infinita aria gioconda.

Madre, madre! s'io ti maledii, tu m'accogli più amorosa e serena. I tuoi alberi giovinetti mi circondano sussurrando in coro, e crepita e sciaborda il frumento verso il ciuffo rosso del giunco, mentre dalla nera verdura i pomi tondeggiano e s'acquattano all'alitare delle vespe e dei moscerini tramanti a punteggi e sbalzelli il fondo azzurro. E via, d'uno scatto e un trillo si buttò sul mare lo scassacodola.

Dolce è riposare così, amando delicatamente questa lunga erba e palpitare persi con lo sguardo nel cielo. Io sono una dolce preda desiderosa d'inghiottirsi nella natura.

Carso, che sei duro e buono! Non hai riposo, e stai nudo al ghiaccio e all'agosto, mio carso, rotto e affannoso verso una linea di montagne per correre a una meta; ma le montagne si frantumano, la valle si rinchiude, il torrente sparisce nel suolo.

Tutta l'acqua s'inabissa nelle tue spaccature; e il lichene secco ingrigia sulla roccia bianca, gli occhi vacillano nell'inferno d'agosto. Non c'è tregua.

Il mio carso è duro e buono. Ogni suo filo d'erba ha spaccato la roccia per spuntare, ogni suo fiore ha bevuto l'arsura per aprirsi. Per questo il suo latte è sano e il suo miele odoroso.

Egli è senza polpa. Ma ogni autunno un'altra foglia bruna si disvegeta nei suoi incassi, e la sua poca terra rossastra sa ancora di pietra e di ferro. Egli è nuovo ed eterno. E ogni tanto s'apre in lui una quieta dolina, ed egli riposa infantilmente fra i peschi rossi e le pannocchie canneggianti.

Disteso sul tuo grembo io sento lontanar nel profondo l'acqua raccolta dai tuoi abissi, una sola acqua, e fresca, che porta la tua giovane salute al mare e alla città.

L'acqua delle tue grotte io amo che s'incanala benefica per le strade dritte. Amo queste donne carsoline che stringendo fra i denti, contro la bora, la cocca del fazzolettone, scendono a gruppi in città, con in testa il grande vaso nichelato pieno di latte caldo. E la striscia bianca dell'alba, e il bruciar doloroso dell'aurora fra la caligine della città.

Qui è ordine e lavoro. In Puntofranco alle sei di mattina l'infreddito pilota di turno, gli occhi opachi dalla veglia, saluta il custode delle chiavi che apre il magazzino attrezzi. I grandi bovi bruni e neri trainano lentamente vagoni vuoti vicino ai piroscafi arrivati iersera; e quando i vagoni sono al loro posto, alle sei e dieci i facchini si sparpagliano per gli hangars. Hanno in tasca la pipa e un pezzo di pane. Il capo d'una ganga monta su un terrazzo di carico, intorno a lui s'accalcano più di duecento uomini con i libretti di lavoro levati in alto, e gridano d'essere ingaggiati. Il capo ganga strappa, scegliendo rapidamente, quanti libretti gli occorrono, poi va via seguito dagli ingaggiati. Gli altri stanno zitti, e si risparpagliano. Pochi minuti prima delle sei e mezzo il meccanico con la blusa turchina sale sulla scaletta della gru, e apre la pressione dell'acqua; e infine, ultimi, arrivano i carri, i lunghi scaloni sobbalzanti e fracassanti. Il sole strabocca aranciato sul rettifilo grigio dei magazzini. Il sole è chiaro nel mare e nella città. Sulle rive Trieste si sveglia piena di moto e colori.

E levan l'ancora i grossi piroscafi nostri verso Salonicco e Bombay. E domani le locomotive rintroneranno il ponte di ferro sulla Moldava e si cacceranno con l'Elba dentro la Germania.

E anche noi obbediremo alla nostra legge. Viaggeremo incerti e nostalgici, spinti da desiderosi ricordi che non troveremo nostri in nessun posto. Di dove venimmo? Lontana è la patria e il nido disfatto. Ma commossi d'amore torneremo alla patria nostra Trieste, e di qui cominceremo.

Noi vogliamo bene a Trieste per l'anima in tormento che ci ha data. Essa ci strappa dai nostri piccoli dolori, e ci fa suoi, e ci fa fratelli di tutte le patrie combattute. Essa ci ha tirato su per la lotta e il dovere. E se da queste piante d'Africa e Asia che le sue merci seminano fra i magazzini, se dalla sua Borsa dove il telegrafo di Turchia e Portorico batte calmo la nuova base di ricchezza, se dal suo sforzo di vita, dalla sua anima crucciata e rotta s'afferma nel mondo una nuova volontà, Trieste è benedetta d'averci fatto vivere senza pace nè gloria. Noi ti vogliamo bene e ti benediciamo, perchè siamo contenti di magari morire nel tuo fuoco.

Noi andremo nel mondo soffrendo con te. Perchè noi amiamo la vita nuova che ci aspetta. Essa è forte e dolorosa. Dobbiamo patire e tacere. Dobbiamo essere nella solitudine in città straniera, quando s'invidia il carrettiere bestemmiante nella lingua compresa da tutti attorno, e andando sconsolati di sera fra visi sconosciuti che non si sognano della nostra esistenza, s'alza lo sguardo oltre le case impenetrabili, tremando di pianto e di gloria. Noi dobbiamo spasimare sotto la nostra piccola possibilità umana, incapaci di chetare il singhiozzo d'una sorella e di rimettere in via il compagno che s'è buttato in disparte e chiede: – Perchè?

Ah, fratelli come sarebbe bello poter esser sicuri e superbi, e godere della propria intelligenza, saccheggiare i grandi campi rigogliosi con la giovane forza, e sapere e comandare e possedere! Ma noi, tesi di orgoglio, con il cuore che ci scotta di vergogna, vi tendiamo la mano, e vi preghiamo d'esser giusti con noi come noi cerchiamo di esser giusti con voi. Perchè noi vi amiamo, fratelli, e speriamo che ci amerete. Noi vogliamo amare e lavorare.